女性に関する十二章

伊藤整

序文

泉美木蘭《いずみもくれん》

「ストップ地球温暖化」「僕たちみんな地球市民」「一人ひとりの個性を認め合おう」「人権守れ！」「クジラを殺すな！」「すべての差別のない世界へ」「すべての人が輝く社会を目指して」――。

人は、スローガンが好きなようです。

「男女人類みんな平等だ」と言っていた同じ人が、みんな違う人間なんだから「個人の自由を尊重しろ」と言い出したりして、平等の枠内に収まってほしいのか、それとも自由に飛び抜けて不平等を生み出してもいいのか、一体どっちなんだと困惑させられます。

また、「クジラを殺すな」と言われても、ではなぜ家畜のことは丸無視なのだろうか、この世界には、人権とクジラ権は存在するけれど、イベリコ豚権や松阪牛権はスルーすべしとされているのだろうか、いつの口か、すべての家畜が輝く世界は訪れるのだろうか、などと考えこまねばなりません。

なかでも、近年、ひと際力強く聞こえてくるようになったのは、「女性の人権向上」「男らしさ、女らしさはいらない」など、フェミニズムやジェンダーに関する主張です。

私自身、女性ならではの不遇や、横暴な男性に対する不満は本当によくわかりますし、あの時、メリケンサックで股間をパンチしてやればよかったと思う男も一人や二人はいます。

国会議員の顔ぶれは、いまだにオッサンばかり。どうも女性は「女性議員キャラ」として、「いかにも女性が言いそうなこと」を担当するための手駒として扱われているのではないかという印象を受けることが多いです。

同時に、これは、社会構造の問題でもありながら、女性側の本気度も問われており、自分自身が怠ってきたことを投影されているような、うしろめたさも感じるのが正直なところです。

このような感覚で、女性の権利を主張されている、フェミニズムと呼ばれる界隈の方々の言動を見聞きするわけですが、私には、どうにも腑に落ちない思いをすることが少なくありません。

例えば、新型コロナ禍における自粛政策では、接客・サービス業をはじめとする非正規雇用の女性たちが、真っ先にシワ寄せを受けて失業に追いやられてしまいました。

「女性活躍」などと謳っていた日本において、女性の地位がいかに低いのかということが、これでもかというほどリアルな姿で表出したわけです。

ところが、フェミニズム界隈からは、「過剰な自粛で女性の職が奪われているぞ」「接待飲食業や観光業を生活の糧とする女性がいるのに、簡単に切り捨ててはいけない」といった猛反発の声がほとんど聞こえてきませんでした。加えて、女性の自殺が急増しているという報道もなされ、私は、「女性を救え！」というデモが起きるレベルではないかと思ったのですが、そのような流れにもなりませんでした。ただただ、経済的に弱い立場にある女性に対して、異様に冷たい世の中にショックを受けたのです。

一方で、東京五輪パラリンピックをめぐっては、大会組織委員会の森喜朗会長が「女性がたくさん入っている理事会は時間がかかる」などと発言して大炎上し、辞任に追い込まれました。また、開会式の演出プランを練るアイデア出し会議においては、タレントの渡辺直美さんを豚に扮装させて「オリンピッグ」と名付けるプランを提案したクリエイティブディレクターの佐々木宏さんが、大炎上して辞任。

「83歳の元総理」「大手広告代理店出身の広告マン」というキャラクターが、男性社会ニッポンにおけるエスタブリッシュメントの象徴であるかのように映り、そこに、コロナ禍における人々のストレスが被さって、ここぞとばかりに「総攻撃していいぞ！」という旗が振られたように私には見えました。

しかし、考えてみて下さい。実際のところ、森さんや佐々木さんの発言に対して、地獄のようにムカついた女性たちの地位と、その同時刻、収入源を奪われて、子どもを抱えながら、社会からも冷たくそっぽを向かれ、明日をどう生きればよいのかという、リアルな地獄に陥れられていた女性の地位。これは一体、どちらが優先して取り上げられるべき問題なのでしょうか。

スローガンやイメージとして展開されていく主張や、猛烈に膨らんでいく感情。一方、ごまかしのきかない現実として、厳然とそこにある、人間の生きる世界。

「女性」をテーマとした現代の炎上案件は、その接続点が極めてあいまいで、肝心かなめのところで、「いや、そうじゃないでしょ……」とガックリきてしまうことが多いのです。

この感覚に少しでもうなずいて下さる方も、いやいやそれはキミの理解不足だよと反論のある方も、まずは本書を読んでみて下さい。

伊藤整『女性に関する十二章』は、昭和二十八年一月から十二月まで雑誌『婦人公論』に連載された当時の大人気エッセイです。翌二十九年に中央公論社から刊行された単行本は、たちまち大ベストセラーとなり、多くの女性たちに読まれ、のちに映画化もされています。

だからと言って、この令和の時代に、七十年も前のオッサンが、女性について書いた文章なんて読む価値あるの？　どうせ古い男尊女卑的価値観じゃないの？　半信半疑でページをめくりはじめると、まずは、当時の女性運動家たちのヘンテコな理屈に対して繰り出される、知的ユーモアに自虐をまぶした風刺の数々に思わず笑わせられてしまいます。

そして、著者の人柄に親しみを感じたところに、伊藤整という作家の、女性や人間社会に対する真正直なまなざしを感じ、実際の体感、芸術的素養、哲学的思考とを自由に往来しながら深められてゆく女性論に、知的好奇心をくすぐられることになります。

読み進めるなかで、さすがに今とは少し感覚が違うのでは、と感じられる部分もあるかもしれません。しかし、お仕着せの概念に流されない、柔軟で緻密な思考は、「女性」という枠におさまらず、やがて、人間とはどういうものなのか、他者と関わりながら生きるとはどういうことなのかという人間論の世界にまで読者を誘ってくれます。それは、時代によらない真理について考える体験でもあります。

十二章を読み終えたとき、この過去の書物が、実は、現代における女性をめぐる問題を考えるための「肝心かなめ」を彩るものであり、それは、あなたのなかで思想の芽として息づきはじめていることに気がつくでしょう。

女性に関する十二章❖目次

第一章　結婚と幸福

私がこの文章を書こうとしている雑誌は、日本の婦人雑誌のうちで、もっとも高級だと認められている『婦人公論』です。つまり、私は、多分日本の一番智慧のある女性読者たちに対して、女性についてのお話、または講義、またはお説教を述べようというのです。本当を言うと、これは怖ろしい事であり、またアジケナイことです。私は目下のところは、美しくはあるが年齢は中年に達した一女性の夫であり、未婚の女性（一歳と五歳）の父親であり、かつ同時に年老いた一女性の息子でもありますから、女性を知らないとは申せません。しかし、女子高等学校の校長先生や女子大学の学長のように、美しい恋愛や理想的な結婚についての訓示を与える資格や、前記の各項において自信のある生活や思想を持っているわけではありません。

しかし本誌の執筆陣に名を並べている諸先生を見わたしたところ、清水幾太郎先生のように、ほぼ理想の夫、理想の父親、理想の教師としての資格を完備しているような方もありますが、必ずしもそういう人ばかりではない。たとえば某々先生よりはオレの方が身モチが確かだ、と私がひそかに考えるような先生も、一人ならず本誌の名誉ある執筆者になっていられます。

またさらに考えれば、私は他の諸先生にないところの資格をも持っています。すなわち私は、さき頃ワイセツ文書販売罪で起訴されて第一審の裁判では無罪となりましたが、この雑誌が発売されている頃は第二審すなわち高等裁判所の判決が下って、改めて有罪か無罪かになるというような、被告人、被疑者であります。私がその事件で翻訳して販売したところの文書は、イギリス人の故D・H・ローレンスという人が書いた『チャタレー夫人の恋人』という著名な小説です。その小説は、恋愛の中の一行動である男性と女性の性の交わりに思想的な意味を見出したことで問題になったものです。その訳者で、その刑事事件の被告人である私は、女性に対して教える学識や思想を多く持っているだろう、と本誌の編輯者が考えたことは、無理のないことです。

その上、私は、友人の三好達治という、当代一流の詩人の判断するところでは、大変早熟の詩人であったとのことですが、二十歳にして、数十篇の恋愛詩を含む詩集を刊行しました。その後は、小説家と文芸評論家とを兼業し、さらに幾つかの学校で教師をしました。恋愛詩人で、小説家で、文芸評論家で、教師で、しかもワイセツ文書販売罪の被告人である。なるほどこれでは女性に教えさとす意見を多く持った人間であると判断されても致し方ないでしょう。

そのような女性問題について見識を持った筈の私を、最近びっくりさせた新聞記事があります。『東京新聞』の「放射線」という欄に昭和二十七年十一月二十三日、佐渡勇という人が書いた文章です。それは、二つの怖るべき組合が成立したことを報じたものです。一つは「全国失業者組合」というもので、電気会社や石炭会社の賃金値上げのストライキに反対し、「彼等の賃金は我我の犠牲のタマモノだ。彼等は特権階級であるばかりでなく、ストで中小企業を圧迫して、間接に我々の就業を妨害している。彼等は鎖以外、失うべき何物もないと叫ぶが、我々は生命以外に失うべき何ものもない。」だから、この全国失業者組合は「電産等の組合がストによって獲得した賃金の三分の一を割前として我々に提供することを要求する」のであり、その要求に応じない時は「我々のうちには技術者も含まれている」から、我々は「勇敢にスト破りを開始する」というのです。

これだけでも相当に驚いたのですが、その次には、「全国婦人未婚者組合」というのが成立したというのです。その組合設立の発想法は前記の失業者組合と同じ型、すなわち独身を失業状態と考えることにあるようです。その組合は、「未婚者のために家庭に代るべきクラブ等の施設を要求して結成された」ものであって、三十五歳以上の未婚女性を組合員とするが、「未亡人も加入を許される」のだそうです。この組合が前記の失業者組合と似ているところは、このクラブの建設費及び維持費を得るために「既婚婦人から『結婚税』を徴収することを要求している」ということです。さらに怖るべきことは、この組合は、この要求が「期限内に」実現されない場合には、「既婚男子との恋愛を積極的に行うことによって、彼等を（すなわち私のような既婚の善良な夫を、私の奥さんから）奪取するかも知れぬし、既婚婦人が自己の特権を守るために振りまわす所の性道徳は、これを徹底的に粉砕しなければならぬ」という宣言を発表したのだそうです。これは、日本女性史上の未曾有の大事件であって、かの高群逸枝さんの『日本女性史』の末尾に特筆大書して頂かねばならぬものであります。

これを読んだとき、私はギョッとして、この新聞記事を切り抜いて、それを私の妻すなわち伊藤夫人の目の届かぬ所、すなわちスクラップブックの真中辺へ貼りつけてしまいました。これは容易ならぬことになったものだ。これから後は、私は電車に乗っても、喫茶店へ入っても、とにかく三十五歳以上であって、同時に独身であるらしい女性がいたら、その近くに坐らないことにしよう。またその種の婦人が腹痛を起こしていたり、下駄の緒を切って当惑しているような場面にぶつかっても、それは彼女が私を誘惑しようとする戦術であるかも知れないから、彼女を助け起こしたり、親切な言葉をかけてやったりしないように、特に注意して生活しよう、と考えたのであります。

そして、もし私の奥さんの所に結婚税がかかって来たら、他のどのような税金の支払いを延期しても、その税金だけは、私が特に税務署に行って払い、彼女等のクラブを作ることに出来るだけ助力してやろう、と覚悟をしました。私のような、四十歳台の、魅力に富んだ容貌を持った紳士で、その上美しい詩やロマンチックな小説の類を述作したり、ワイセツ文書を販売したと疑われたりする男性は、多分三十五歳以上の独身の女性から見れば、「積極的に恋愛を行って奪取す」るには、もっとも手頃な獲物であるにちがいない、と私は推定したのです。

このような魅力的な条件を持った男性なる私が、女性に説教するとか女性を教え導くなどということをしたならば、その結果は、私の方でも女性の方でも、益よりも害の方が大きかった、という結果が生まれることを私は危惧します。この佐渡勇氏の記事を読んで、私の勇気はいちじるしくじけました。しかし、私は、これまででも税金を払うには大変苦労して来たのですから、この上私の奥さんに、彼女が幸福であることの代償としての結婚税がかかって来たら、一層その支払いに困難することは目に見えています。それなのに、折角この雑誌の編輯人から注文のあった原稿を書かないで原稿料をフイにするというのは、これは思慮深い旦那さまのなすべきことではありません。

さて、私はかの清水幾太郎先生の筆法にならって、このような深刻な問題の起原と解決法について、社会学的な判断を下そうと思います。窮したものは手段を選ばない、という格言があったと思いますが、もし不幸にして今までそれがなかったならば、今私がそれを作りました。さらに、財産はすべて盗めるものである、という近代社会主義または共産主義の根本認識があります。この三十五歳以上の未婚女性の組合は、この二つの認識を結び合わせて、次のように置きかえたのであります。ある女性の所有する男性はすべて隣人の女性から盗めるものである。それを奪い取るのは、生きる者の権利である。すなわち男性は、女性に愛の満足と金銭の満足とを与えるところの財産すなわち物体である、ということになります。そして彼女等のこの認識は、さらにその外延において、次のような認識と連絡があります。第一、結婚は幸福である。第二、三十五歳以上の女性は、他の女性からその夫を奪おうと決心すれば奪うことが可能なほど魅力的なものである。

私は、個人的経験としては結婚が幸福なものであることをここに断言するものでありますが、私の同業の先輩である文学者にして同時に大学の教員であった著名な二人の男性は、結婚は幸福なものにあらず、という思想を疑いもなく持っていました。一人は夏目漱石君であり、もう一人は私と同様ワイセツ文書販売の被疑者となった経験をも持っているところの永井荷風君であります。夏目君の考えは次のようなものでありました。近代の男性は自分を無にして女性を愛するにはあまりにも強くエゴを主張するようになった。また近代の女性は、己れを無にして夫を愛するには、あまりにも強くエゴを主張するようになった。従って、近代の男性と近代の女性は、絶えざる自己犠牲を必要とする結婚生活を円満に営むことはできないのである。このように言って、夏目君は、近代人の結婚は否定しましたけれども、近代人の恋愛は否定しなかったのであります。ですから彼の意見を、明治風でなく、第二次大戦後風に私が説明すると、次のようになります。近代の男性と女性は、その愛の交渉を結婚生活という形をとらずに行うことが妥当なのである。夏目君は、小宮豊隆とか内田百閒とか安倍能成という「すぐれた」弟子たちを持っていたというのが定評でありますが、その中の誰一人として、この彼の真の思想を理解し、祖述したものはありません。気の毒なことです。本当は夏目君は未婚者であることは不幸なことでなく、幸福な羨ましい身分だと考えていたのであります。

さて永井荷風君は若年の頃に、今の名舞踊家藤蔭静枝女史と恋愛をした結果、結婚生活をしたのでありますが、永井君が、小説家としての材料探索の生活を、結婚生活と合せ営むということに対して、藤蔭女史は強硬に反対したように文学史的には推定されるのであります。その結果結婚生活の方は合意の上解消されてしまい、その後この両人は長年の独身生活に入りました。そして荷風君は小説材料探索生活に専心した結果、近代の大作家としての業績を成しとげたのでありました。また藤蔭女史は当代の代表的な名舞踊家となりました。家庭に縛られて、踊りもせず、小説も書かなかったならば、この二人が大芸術家となることは不可能であったでありましょう。永井君の小説や翻訳等の業績に対して文部省は最近文化勲章と年金を贈ったのでありますが、それについて永井君は次のように述べました。「私が文化勲章をもらった原因は多分『断腸亭日乗』四巻を残したことによるのだろう。」その意味を私が解釈すると次のようになります。腸を断つような辛い思いで、長年ひとりで自炊生活をしながらも、その独身を貫くという志を曲げずに、その間の放蕩と述作の生活記録を残したことは、国家が文化勲章を与えてケンショウするに値する大きな文化的業績である。簡単に言えば、独身生活は文化業績である。

このような優秀な二人の文化人が、結婚に反対の意志表示をし、独身を幸福や文化業績と同じものであると考えているのに、なぜ三十五歳以上の未婚女性の組合員諸氏は、独身を不幸と考え、結婚を幸福と同一物だと考えるのでしょう。私がもっとも不思議と思うのは、その点であります。多分彼女等は、まだ一度も結婚をしたことがないから、結婚というものは、よほど立派な、この世の楽園のようなものだと考えているのでしょう。すべてまだ自分の味わったことのない果実は美味であるにきまっていると人間は考えがちなものです。彼女等が結婚をして見て、それが、予定しかつ希望したほど楽しいものでもなく、幸福なものでもないと分った時、多分彼女はその次に、まだ私は一度も死んだことがないから、死ねばきっと幸福になり、天国に入れると考えるようになるでしょう。現に結婚した女性の中には、そのような考えを抱くに至った女性が、現実に、一人ならずあるのです。

人間が結婚しないでいる状態を、就職しないでいる状態と同じものだと考える考え方には、かなりの疑問があります。たとえば私のように、奥さんの結婚税のことまで予定して原稿を書くというような稼ぎのよい旦那様にアリツイタ婦人が幸福であることは、これは疑いのないところでありますが、そういう旦那様が男性の全部ではありません。私としても本心は、奥様が女代議士か女医のようなカセギのある女性で、私がフトコロ手をして、金にならない詩を書いて暮らす方が望ましいと思っています。まして三十五歳まで幸福にも結婚もせず死にもせずに生活して来た女性は、それぞれ立派な生活手段を持っているにちがいありません。そんな有利な女性と結婚したら、私だって働きはしません。働く女性は煙草ぐらいは吸うでしょうが、働きのない男性はきまって大酒飲みのものです。すなわち、その女性はこれまでその収入によって一人で生活して来たのを、結婚することによって、その半分以上は確実に旦那さまに取り上げられるものと思わねばなりません。バカバカしい話です。すなわち、原則的に言いますと、三十五歳以上の女性は結婚することによって半失業の状態におちいるのです。結婚と就職とは、この場合、実質上逆のものであることを、「全国未婚者組合」の組合員はよく認識しなければなりません。

ソレデモ結婚シテミタイワ、という歎くような声が聞こえるように思われます。そうです。結婚病。これが人類にとりついている長年の流行病であって、ハシカと同じようなもので、人類はみな、一度はこの病気にかかることになっているのです。郊外の畑の一角に、赤いカワラの小さな二間ほどの家が建ちます。未婚の女性はそのそばを通るとき溜め息をつきます。若い夫婦が赤ん坊を抱いて電車に乗っています。彼女にはそれが目に痛いように思われ、後向きに吊革にぶら下ります。百貨店でタンスや夜具や三面鏡を売っています。アタシなら、アレとアレと考えてみて、彼女は胸をドキドキさせます。

このような徴候を初期症状とするところの結婚病は、男性にも別な形で現われるのでありまして、この病気のおかげで、人類は混乱にも陥らず、絶滅もせずに続いて来たのですから、それを全く社会から拭い去ることも考えものでしょう。しかしこのような症状をさらに発展させて、その果てが絶望または死に終ろうとも、結婚なるものを実行しないうちは気が落ちつかないのが一般の人間性なのです。その目的を貫こうとして、社会の性道徳なるものは既婚婦人の既得権を擁護するための擬装である、とゼッキョウするに至るのも当然であります。このスローガンは、かのマルクス主義の所謂、社会の道徳や法律なるものは既得権者が自己の利益を守るために設定した冷酷な一方的な約束である、という表現を性の問題に応用したものであります。この応用的スローガンを考えついた組合の委員は、なかなか文章の運営にタクミであることは、認めなければなりません。

これは新しい言い方です。一般にこれまでは、性道徳なるものは、金持ちの男が金によって女性を束縛し奴隷化する方便である。また金持ちでない男性の場合は、暴力を誇示することによって女性を召使いとして働かせかつ自己に占有するために女性に無理に押しつけたものだ、と言われて来たのが、この未婚者組合によって、上記のようにその敵なるものが男性から同性へと取りかえられたのであります。彼女等は賢明にも、多少暴力を振るっても男性はこれを味方とし、同業の女性を敵とした方が得策である、と気がついたのであります。私が遠慮を抜きにして推定するところでは、この新宣言は、宣言自体の中で、男性誘惑の甘美さを相当濃厚に発散しているものであります。それがこの新宣言の起草委員諸嬢の初めから狙ったところであったのでありましょう。奥サンナンカ無視シテ、アタシタチト一緒ニ遊ビマショウヨ、ソウスレバ結婚税ヲ負ケテアゲルワヨ、と言っているわけであります。大きな髭を生やしたあの謹厳居士の夏目君が生きていたら、彼は、自分は実践の方は辞退するが、趣旨としては賛成である、と言ったにちがいありません。文化勲章を胸にぶら下げて新調のモーニングを着たアゴの長い永井君は、自分も趣旨としては賛成であるが、実践の相手としては、三十五歳以上の諸嬢よりも、むしろ二十歳前後の浅草の踊り子を選ぶものである、と言うであろうことは確実です。

私個人の見解は、永井君とは反対であって、二十歳前後の踊り子よりも、むしろ三十五歳を過ぎた女性の方が魅力的であることがしばしばある、ということを、一身の安全を別にしても、ここに敢て申し述べておきます。但し私としては、むしろ彼女等とアソブよりも、税金を払う方を選ぶものであります。さらに私と同業なる当代の文学や学校教師を業としている男性諸君の心理的傾向を客観的に判断いたしますと、彼等の多くは、三十五歳以上の女性でも、三十五歳以下の女性でも、もし彼女等が、奥サンヲ無視シテ、アタシタチト一緒ニ遊ビマショウヨ、と宣言すれば、進んで彼女等の甘言や術策に陥りたい衝動を強く持っているのでありまして、これは実に歎かわしいことであると常々私は考えているのであります。これが未婚者組合の起草委員たちが、もって乗ずべき男性の弱点なりと認めたところであったに違いないのであります。

彼等一般の日本の男性の考えによれば、性道徳などというものは、これは文章で意見を発表したり、学校で生徒を訓戒したりする時には必要なものであるが、もともとわれわれが女性に一方的に押しつけたものであって、われわれ自身は本来少しもそれに拘束されるものでない。特に日本においては、先祖代々、性道徳などというものを守らないことが男性の名誉とされているのであって、伊藤某のように自分の女房を奥サンなどと言って尊敬し、専ら彼女にのみカシズク覚悟であるなどという意見を発表する奴は、悪しき西欧的近代主義に毒されたヤカラである。日本の男性が父祖代々確保し伝承して来たところのユイショ正しき浮気の権利を、戦争にたった一回負けたからと言ってアッサリと放棄するのは、男性への重大な裏切り行為である、というのが彼等の暗黙のうちに抱いている意見なのであります。

戦争に負けて、アメリカ軍に占領されていた間は、われわれ男性の力量がとかく女性に無視されていたために、その間に出来た新憲法によると、男女は同権であって、女性もまた男性と同様姦通しても罰せられないことになったのでありますが、その間に一般化した表向きの道徳によると、男性もまた女性と同様に姦通しては悪いこととなったのであります。清水幾太郎氏や私は、この後の方を、特に性道徳の面では強調し、何度でも繰り返して述べている売文業者なのでありますす。そして全国未婚者組合員であるところの三十五歳以上の諸嬢は、そのような性道徳は清水夫人や伊藤夫人の過度の旦那占有慾の現われであって、打破すべきものであることを、ココに強調された次第であります。

由来、持たざるもの、悩めるもの、愛せられざるものの友たらんことを念願するヒューマニストである清水氏乃至伊藤氏は、他の一般の日本の文士や教員のような誘惑される機会を待っている種類の男性とは異なる思想を持っているのでありますが、その本来のヒューマニズムの立場から冷静にこの宣言を読んでも、心動かされる処がないわけでない、と推察されても致し方ないでありましょう。しかし現実に清水氏又は伊藤氏を陥落させることは極めて困難であることを予め忠告しておく次第です。では一般の文士諸氏はどうかと申しますと、文士の多くは異性誘惑術と征服術においては、多分彼女等よりも卓越しているでありましょうから、彼女等は結局は辛き目に逢って、やっぱり独身でいて、下手な恋愛などしない方がいいわ、という結論に達することになるにきまっています。教員を相手にした方が、まだ見込みがあると言うべきです。

しかし、さらに広い見地からこれを考えれば、未婚者組合の組合員が、その適当なる配偶者を得られなくなった原因は、実に戦争にあるのでありまして、彼女等の真の敵は、戦争を準備し、兵器を増産し、他の名目で軍隊と軍艦を作り、その予算を多数決で決議し、海岸で射撃演習をし、山麓で攻撃演習をし、空中で飛行機を飛ばしているヤカラにこそ向けられるべきであります。ですから、彼女等は差し当り、議会や議員宿舎や待合などへ出かけて、そこにタムロしている代議士諸氏を質問攻めにし、代議士の奥さんたちから代議士諸君を奪いとり、この上さらに戦争に参加して男性の減少を計画するようなことがあれば、この旦那を返還しない、ということを代議士夫人たちに宣言する方が、より人道にかなえる効果的なやり方であろう、と私は推定し、推薦するものであります。

私のさらに推定するところでは、議会で多数を擁している自由党代議士諸氏は、喜んで諸嬢に奪取されるがままになっている筈であります。そして彼等は、戦争によって日本国がこのような楽しい女護ガ島になるのであれば、われわれは一層努力して青年を軍隊に吸収し、戦線で彼等を死なせるようにすべきである。そうすれば、今後はもっと多くの女性がわれわれを奪取して、大切に扱ってくれるだろう、と彼等は考えるようになるでしょう。

そしてその時になって初めて未婚者組合の組合員は、その宣言、その方針が誤りであった、根本から考え直す必要がある、と気がつくでありましょう。アタシタチハ不作法ナ代議士ナンカト遊ブヨリモ、モット沢山ノ男性ガ日本ニ居タ方ガイイノダワ。ソノ中カラ一人ダケ自分ノ旦那様ヲ確保シテ、旦那様ニ浮気モサセズ、アタシモ浮気ヲシナイデ、性道徳ヲ守ルコトニシタ方ガ幸福ナンダワ、と気がつくでありましょう。

第二章　女性の姿形

あなた方はあなた方自身のうるわしい容姿が、世の中や電車の中の男性たちにどのような印象または効果を与えつつあるかが、分っていません。今日電車の中で、鳥打帽をかぶりアメ色ぶちの眼鏡をかけた、伊藤先生とそっくりの紳士が、アタシの方をじっと見つめていたのは、シームレスのナイロンの靴下を透してアタシの形のいいフクラハギや、ギンギツネのコートの胸から露出している白いノドなどが美しかったからだわ、とお金があり、かつ自信もある女性は推定します。また財布の中のお金も少く自信も少い女性は、今日ナケナシのお金の半分に当る五十円の入場料を払って伊藤整先生の講演を聞きに行ったのに、先生がちっともアタシの方に目を注がなかったのは、アタシのオーヴァーの型が古いからだわ、それにアタシのクチベニが日本製だから螢光燈の会場では目立たなかったからだわ等と推定し、悲しむかも知れません。

女性の姿カタチが男性に、どの点でどのような効果を与えるかということを、女性たちは殆んど理解することなく、しかも命がけで薄着をしたり、電気アイロンで髪や皮膚を焼いたり、鼻の皮膚の下に異物を埋め込んだり、こっそり美容体操をしたり、食べものを切りつめたり、百貨店の特撰売場で肩に布地をかけて見たり、この次の流行はどんな帽子かしらと思って、フランスの『ヴォーグ』などという雑誌を買ってしらべたり、どういう会話をすれば、未婚男性の心はもとより、アワヨクバ既婚男性の心までも魅惑して離れがたい思いをさせることができるかしらと思って『婦人公論』や清水幾太郎先生の著書を買って読んだりして、若い日の貴重な時間をムダにつぶします。にも拘らず男性に与える自分の印象の実際を、少しも理解することなく日を送り、ある日突然、化粧も読書ももう無駄だと悟って、万事を放棄し、急にその時から年をとり、間もなく死んで行きます。何という悲しいことでしょう。

このような神聖にして、よく考えるとバカバカしい女性の運命と結びついた姿カタチについての一般的顧慮の煩雑《はんざつ》さに腹を立てる女性が時あってこの世に出て来ます。その女性は考えます。女性の姿カタチにおいての現代的形式は、これは、自ら働くことなくして、男性に隷属し、その本質においては奴隷又は売笑婦であることを自ら語るものである。山川菊栄先生または神近市子先生のおっしゃるとおり、我々は自己が独立して生活できるような仕事を持たなければならない。そうすれば、あのようなバカバカしい売笑系統の姿カタチの構成にエネルギイを無駄使いし、しかも、それでもやっぱりコグレナニヨやタカミネナニコには敵わないわ、と考えるような屈辱感から解放される見込みがあるというものだ。

そしてその女性は、男性にレイゾクすることなく、自己の独立せる意義ある仕事をしている比較的に若い諸女史たち、たとえば平林たい子先生、石垣綾子先生、鶴見和子先生、坂西志保先生などの写真を雑誌の写真から捜し出して、その服装や髪カタチを詳細に調査研究し、ひとつヒッツメに、スラックスで行こうかしら、それとも、黒い髪にココロモチだけ、ウェーヴをかけ、メイセンを着て、あたりをヘイゲイするように入って行ったら、かえって立派じゃないかしら、などと考えます。そしてそれと同時に彼女は、小説学、社会学、翻訳学、批評学等を研究し、そして、自分はこのようにして内容と外形との両方において男性へのレイゾクから解放されつつある、とても気持がサワヤカだわ、と自分に言い聞かせて、ウッスラと漂っている心内の淋しさを無視しようと努力します。

このような考え方と生き方とが、進歩的であり、かつケンコウであることは、山川、神近両先生のヒソミにならって、私もまた男性として、これを保証するものであります。しかしながら、たとえば平林先生や鶴見先生におかれても、そのスラックスなりメイセンなりを着る時に、このスラックスのここのフクラミが私の肉体の魅力とマッチしているのだわとか、このメイセンの黄の縞は、帯の黒い縞で引きしめると効果があるんだわ、などと考えている、という人間的なリアリズムの認識が忘れがちになる、というのが、これ等の追随者に起こりがちな、一辺倒的弱点であります。

右のような次第で、父親や夫が人民のコウケツをサクシュした金銭を使用して着飾って歩きまわる無自覚な女性たちも、またその労力をサクシュされて働いている勤労女性も、かつまた種々なる形式の民主主義の本質を理解して指導的立場で全女性の先頭に立っている前記の諸先生も、彼女等の姿形が男性の眼にいかに映るか、という顧慮をそれぞれ払わざるを得ないのが事実であるに拘らず、彼女等はひとしく、自己のいかなる衣裳と自己のいかなる表情が、男性にどのような効果を与えたかを測定する確実なる方法は持っていないのであります。

最近あるアメリカ人の若い男性がスエーデン国において、医術によって、その性を転換し、女性に変化した、ということが新聞紙上に報じられました。多分この女性のみは、女性のどのような姿や動作が、男性にどのような反応を与えるものであるかを知っているところの稀有《けう》な女性であるだろう、と私は推定いたします。心ある女性は、この新型女性に手紙を出して、そのヒケツを学ぶのが何よりなのでありますが、多分大方の女性は、そこまで頭が働かないのではないか、と推定されます。そして彼女等は、やっぱり、今年度に誰でもがする流行の髪の形とか、今年度の全女性の平均的なスカートの長さとか、今年度誰でもが使うらしい口紅とか、今年度の全女性が着たがるチェックの大きさとか、今年度の頭のいい女性が皆着る筈である布地などという、非個性的な、均一的な、機械的な既製品的な化粧や着つけを追求することでありましょう。そして自分にのみ似合う化粧法や自分にのみ似合う着物をできるだけ避けて、もとの本来の自分とは出来るだけ違った今年度女性の平均的な姿形の女性になろうとのみ努力するでありましょう。その上彼女は、他人の聞く音楽会を聞き、他人の読む本を読み、他人の新思想を自己の思想としたいという性急さをも、合わせ持つのが常であります。

彼女等のこれ等の計算こそ、実に男件をしてかの永続的流行病である女グルイという狂気を激発させる所の重大原因なのであります。どの女性も、同じようなハンドバッグを持ち、同じような色のスカートをはき、または同じようなフクラミ方をしたスラックスをはき、人間的区別のつかない化粧をし、だれもが全く同一の髪形をし、同じ形の靴をはきます。それ故、女性の本質はその化粧と着物とにあると考えるような頭のよくない男性が、これ等の女性の一人を、彼女が希望するように、その姿形の美しさの故に、愛する、という現象が起こりますと、その男性は、それと同じような姿形をした他の女性を見た時に、全く同じ性質の同じ強さの恋愛をしなければならなくなるのであります。

男性がウワキだとか、男性がハクジョウだとか、男性がウツリギだとか、男性はカンツウを何とも思っていない、などと言って女性は攻撃いたしますが、それは実に、女性の画一的非個性的又は既製品的又は流行一辺倒的な化粧と着つけと思想とによって引き起こされた所の、頭の悪い男性における女性の区別喪失感又は見サカイナサ又は博愛主義の現われなのでありまして、イワユル男の浮気というものの全責任は、女性の化粧や着つけの類型性にあると言わなければなりません。この種の男性は、まさに彼女等の美的通念の犠牲者なのであります。

でもマサカ、全部の男性がそんなバカではないでしょう、ことに伊藤整先生なんかは、何か違ったものを、アタシたち、一人一人について見出して下さると思うわ、と彼女等は言うでありましょう。そうです。実に、その事こそ、私が今日お話し申し上げたいことなのであります。

正しい感受性を持っている男性にとっては、上記のような画一型化粧法や、権威追随型化粧法等は、あまり大きな影響を与えません。男性が、女性のどのような所に動かされて、彼女を愛するに至るか、ということは、ドレス・メイカアに聞いても分らず、美粧院のマダムにたずねても分りません。またスエーデン国にいる、突然女性になったアメリカ人に手紙を出すことも面倒でありましょう。私、伊藤整先生の実感を申し上げるのが近道の一つでしょう。私のように感受性が豊かで女性の真の美しさに動かされやすい男性が言うことは、きっと参考になると思います。

しかし、中には確信に満ちた女性があって、次のように考えるでしょう。ナニモ伊藤サンナンカニ言ッテモラワナクッタッテ、アタシヲ美シイト言ッテクレルヒトハ沢山アルワヨ、と。そうでしょうか。私はそれを疑います。男性というものは、女性に較べて、遙かに深くハニカミヤのものであります。私がいま真心から申し上げたいことは、本当に男性が女性に心を引かれた時、その男性は、そのことをその女性に言わない、ということです。この私の一言に賛成するマジメな男性がどんなに多いか、それは女性たちの夢にも知らないところです。若しあなたのそばで、二、三分間タメラッテ見せてから、僕キミが好きだ、とか、君は美しい、などと言う男性が若しあったら、それは次のような意味だと考えるのが正しいのです。即ち、僕が初め愛した女性に似た所が君にはあるから、その故に僕は君に少し心を引かれているという意味で、「僕キミが好きだ」と言うのさ。又、君に似ていて、君よりも美しかったあの人に向かっては言う勇気の出なかった「君は美しい」ということの言葉を、あの人ほど美しくはない君に対しては、気楽に言えるねえ。

この私の言いかたは、女性の夢をこわすものであるかも知れません。いや多分そうです。女性は、その上に生活を確実に築かれるもの、それを手がかりにして生きて行けるものを求めます。時としては現実にそうでないものまでも、アテにします。そしてその現実を知らせる人間を嫌います。しかし、なおそれでも、私は、人生の初めに男性に現われる愛情は表現されないで終るのが常だ、ということの確信を持ち続けます。なぜなら、女性もそうだからです。女性もまた「私はあなたを愛している」と口に出すのは、口に出さなかった幾つかの愛情の経験の後でのみ起ることである。これは当っているでしょう。そして、それは元来もっとハニカミヤである男性においては、もっと多いことなのです。

この表現されずに終る人生の初期の、少年期や少女期の印象の上に、異性から受ける感動は積み重ねられます。人は横の、その時の流行の姿形によってではなく、タテの、記憶や無意識の積み重ねを刺戟されることによって異性に対する感動を積み重ねてゆくもののようです。心理学者フロイトはそのことを、男の子は母のイメージを恋人の中に求め、女の子は父のイメージを恋人の中に追い求める、と推定しました。若しフロイトにそのまま従うならば、女性は恋人の母親という、一般にあまり親愛感を抱くことのできない人物を研究し、その老婆が、かつてそうであったらしい若い女性の姿の力を体得することによって、その時の流行型の女性の化粧や着つけを訂正するのが、功利的に言えば有利かも知れません。私個人としては、そこまでフロイトの学説を信じてはいませんが、これは一つの暗示にはなり得ましょう。

しかし、いずれにしても、異性の記憶の積み重なりをゆるさねばなりません。私自身は、そのような、口に出されない愛情の経験を、少年時代に四度ほど持ちました。伊藤先生はずいぶん感じやすい方ね、と言う感想を洩らす方があるかも知れません。しかし二十歳になって、一度か二度、そのような経験を持たない男性があるとは、私には信じられません。そして、そういう私をゆり動かした四人の少女たちのうち、多分、三人は、私がそのようなものを彼女から感じたということにも気がついていません。彼女等は、それに気づかないまま、一人は肺病で死にました。一人は公平に言って、私よりもつまらない男性と愛し合いました。一人は……いや、もうやめましょう。

私のように、小説や詩を述作することで生きて来た人間にとっても、そういう心の経験を直接にあらわに書くことは、自分の人間らしさがこわれるような気がします。またそれに耐えて書いて見ても書くだけの実体が失われるような怖れも感じます。即ちその時から三十年ほど経った今ですら、私が言い得ないような実質によって、女性は私を動かしました。田舎の村や町の少女にすぎなかった彼女等が、自分の何が、どこが私にそのような印象を与えたかを知らないのは当然のことと言わなければなりません。このようにして本文における私の努力、私の企ては一応ここで失敗しました。若し男性から見た女性がその女性の本当の姿であれば、女性は遂に自分の姿かたちの実質を知らずに生き、そして死んで行くのだ、と言う外はなくなります。多分、男性もまたその点では同じような悲しい運命を持っているのでしょう。人生とははかないものではありませんか。

そして、この問題から、多くの深刻な、またユーモラスな、またバカゲタ問題が派生します。深刻なものの方から言いますと、性を持った人間の実在は確かめ得ない、と言うことです。多分、自己の分らない実在を、異性が自己に示す反応によって確かめたい、ということが、性の欲望よりも、もっと強く人間を支配しているのかも知れません。性は、それを、即ち自己の実在を確かめるための一つの手段かも知れません。異性を愛し、異性に愛され、その異性に触れることなくては、人間は自己の実在を確かめることができないのでしょう。オレは、アタシは、本当に生きているのかしら。本当に存在しているのかしら。生きて存在していると思っているだけなので本当は生きてもいないし、存在してもいないのではないか、という認識上の怖れが人を駆って愛させ、結婚させ、そして自分の子供が生まれた時に、はじめて自分が生きていることを実感させるのかも知れません。

この事から起こる別な問題として、前に書いたような女性においては、化粧をし、美装をすることの効果を測定できないということがあるわけです。またそこに芸術発生の根拠もあるもののようです。俳優又は演出家は、その化粧と服装が人に与える効果を知っているのが原則です。それ故、成功した演劇の中では普通の人生よりも、もっと確実に人間の実在が把握されています。彼等が把握して、意識的に表現する所の人間の実質によって、人間の実在を認識したい、という願いが人に芸術を作らせ、またそれを求めさせるのです。自分自身の生活の中で確かめることのできなかった生きることの実質が、作りものの舞台の上にある。そのように考えるということは、まことにはかない事でありますが、事実人間の大部分は、自分が何のために、どのように生きたかが分らないで死んで行くものです。

さて、少年時代の伊藤整氏に強烈な印象を与え、伊藤整氏を人間実在の把握へと駆り立てた少女の誰かと伊藤さんが、現実に愛し合い、結婚をしたとしたら、その結果はどうだったでしょうか。一人の少女のキラキラと輝いた目は、伊藤整氏のカセギの悪い時には別な意味でキラキラと輝いて、その結果、伊藤整氏は、その輝く目を毎日怖れて暮らすようになったかも知れません。また伊藤少年をうっとりさせたバラ色の頬は、そのまますぐ間もなく、結核の症状に変化し、伊藤整青年に苦悩の生活を味わせたかも知れません。また、伊藤少年のマナザシに感じやすかった目は、他の男性のマナザシにも甚だ感じやすいということが理解されたかも知れません。またこれ等のことは、悉く反対であって、それぞれ伊藤青年の幸福を実らせたかも知れません。実践されざる人生の可能性について、論じ且つ決定することはできません。現実には伊藤整氏は、それ等の少女たちの後に現われた少女であるところの現在の伊藤夫人とキンシツ相和して暮らしている次第です。

にもかかわらず、伊藤整先生の女性美の認識が、流行雑誌や服飾雑誌の口絵写真によって形成されていないで、これ等の田舎の化粧もなにもしていなかった少女たちのイメージの切れっぱしで形成されているらしいことは、これは実に驚くべきことですが、事実らしいのであります。伊藤先生は、これまで、多くの美女、多くの俳優、多くの小説作中の理想的女性のイメージに接して来ました。また多くの、美しく、且つ賢明なる現代の指導的女性たちに拝顔の栄をたまわりました。またしょっちゅう電車の中や街頭や客間の中で、当代の美女や美少女に接しています。その人々の多くは、今様のパーマネントをかけ、流行の服装をし、新しい思想を語り、且つ、口紅、白粉《おしろい》、着物等から言っても、氏の知っていた田舎の少女たちとは段チガイに美しい女性たちです。

しかし教養とか経験というものは悲しいものでありまして、金をかけて着飾った女性は氏に、彼女の強慾な父親のサクシュ振りを連想させ、美しい芸者は氏に、彼女の自由のない身分の哀れさを思い浮かべさせ、無邪気な少女を見た時ですら氏は、その少女が結婚をして暫くは夫にいじめられる気の毒さを、次にはやがて彼女が年を経て自己の実力に気づいた時に、その夫の方が彼女にいじめられる哀れさを想像するので、彼女を安らかに祝福することができません。また新思想を抱いて、強く生きる実践型の少女を見ると、氏は、彼女が革命運動という元来が失敗、ツマズキ、裏切り等の別名である権力闘争の間に味わう苦悩が想像され、同時にその後での党派抗争の別名である粛清によって追放されるであろう彼女の悲運を予想せずにいられません。また顔カタチが一般流行型のうちで最も工合よく出来ているので、アタシは美しいという信念だけ持っていて、芸もなければ頭もないような女性を見ると氏は、その女性が年をとり、同じ顔カタチが醜いものと思われるようになった時、自分の生きている意味が何にあると考えるのだろう、と心配いたします。

そのようなわけで、伊藤整氏の心は、あらゆる女性の運命を気にして、少しも安らかでいることができません。このように書きますし、先ほど、「先生はずいぶん感じやすい方ね」という感想を抱いた読者は、今度は「まあ、お気の毒ね、アタシたちの魅力を感じなくなっちゃ、もう人生は終りね」とお考えになるでしょう。

しかし、もう少し別な点からお話し申し上げておきたいことがあります。私は昔、二十歳の頃で、恋愛に関する詩を作っていた時代に、次のように考えました。オレのようにこんなに強く激しく女性の愛らしさ、美しさ、優しさ、さかしさを感じることは、これはあまりに苦しいことだ。この苦しさから、何とかして抜け出したいものだ。きっと年をとって、四十歳すぎにでもなったら、女性たちの、あのもろもろの怖るべき魅力なんかに動かされなくなって、人生は楽になるだろう。大学の教授とか駅長とか郵便局長とかいうあの年配の男たちは、落ちつきはらった顔をしている。オレのように街上で美しい少女とすれ違っても彼等は顔を赧らめたりしないで、彼女等をカントクするような顔をしている。彼等はもう何も感じてやしないんだ、と。そして今、私は、その頃に私が考えたその年齢になりました。ところが驚いたことには、女性の魅力を感ずる力は減少するどころか、ますます鋭くなり、デリケートになって来ています。これは多分、私が特異体質なのではなく、私の選んだ文士という職業が不幸にもその感受性を磨き且つ強める作用をしたからなのでありましょう。

しかし同時に、同じ職業が、女性の魅力の意味とその変化のしかたを考えさせるように私を強いたもののようであります。それは例示せば次のようなものです。この少女の眼には何という誘惑的な力があることだろう。しかしこの眼の力はこれは男性を励ますよりも滅さずにおかないエゴの過剰を示しているのではないかしら？　あの女性のほのぼのとした白い頬は、ちょっと天使を思わせる、しかし天使は借金とりを撃退したり、編輯人を追いかえしたりできるものだろうか？　この女性のふくよかな腰部は実に魅力的な形態である、しかしこの腰でデンと坐ってテコをかけても動かないような事態が、やがてこの女性の営む家庭で起こりはしないだろうか？　この少女の歌っている声はうっとりするようにオレの魂をゆすぶる、しかし、言い争いになった時、このような声で近所ガッペキに届くようにマクシタテられたら、一体ダンナサマの方は、どうなることだろう？　この女性の服は実にすばらしい。しかし、いつもこの程度の服を次々と新しく着せてやるには、何か悪いことをしなければならないのではないか？　ところが、ここに一人の女性がある。この女性は大して美しくもなく、大して利口でもなく、大して立派な着物を着ていない。この程度の女性を妻にした青年は、あなたの考えは民主主義を破壊するものだわ、などと言われたり、ダンナの日々の行動を煩さくセンサクもされないだろう、また彼女の着物のためにつまらぬ原稿を徹夜で書きとばしたり、人民から集めた税金を使い込んだりすることも起こらず、顔に自信がありすぎてダンナの方がフミツケにされることもなくて、甚だ工合がいいのではないかしら。しかし、そのような考え方は、人生から美というものの光を消す功利主義思想ではないかしら。こまったことだ、等々と。

第三章　哀れなる男性

道徳という言葉は、現代の日本ではあまり人気のある言葉ではありません。たとえば私が小学校や中学校にいた大正時代に、「道徳」を教える科目であった修身というものは、戦後の学校にはないということです。ある文部大臣が、修身を小学校や中学校で教えることを提案した時、知識人たちは、おおむねこれに反対し、新思想を持っているらしい学校の教員も、これに反対しました。「修身」という言葉には、自分を統制する、自分を抑制する、自分の欲求を折り曲げて、国家や家庭の秩序に合うように訓練する、という観念がつきまといました。私の身に覚えのある「修身」の要点は、国王の名で行われる征服戦争で死ぬこと、親の生活の安全さのために軟文学などというツマハジキされる色情狂的な仕事をしないこと、また賃金を上げろと言ってストライキをして雇主のキゲンを損ねたりしないこと、などの意味がありました。これ等の項目は、徴兵される危険のある男性であり、親を養わねばならない長男であり、人に備われねばならない弱点を持っていた無産者であった私、即ち二十歳の伊藤整氏にとっては、いずれも好ましくない教訓でありました。しかし生来温順な性格で、国王や親や雇主に公然と反抗する勇気を持ち合わせなかったところの伊藤青年は、それぞれ抜け道を発見することによって、これ等の「修身」的統制の裏をかこうとしたのです。

即ち第一に剣道や相撲を練習して兵隊にとられる危険のあるような強健な肉体を作らないこと。その結果典雅な肉体を持った氏は丙種合格で兵役の重荷をのがれました。また第二には、親の言うとおり学校にはちゃんと通っていましたが、試験を通る以上の努力は払わず、その間ひそかに軟文学の研究に全能力を集中しました。第三には、その後私立大学の教員となって安い報酬を得ましたが、そんなものをあてにしないでいいように、かねて研究しておいた軟文学を販売して、「犯罪」と見なされたストライキをやらずに生活し得る途を作りました。このようにして、日本の旧社会の悪しき秩序の代弁人である道徳君や修身君は、伊藤整氏をトッチメて服従させようとして努力しましたが、見事に体をかわされました。自分のしたいことをして生きることが正しい生き方であることを氏は知っていたのです。これから後は、そんなズルイ生き方をする必要はないんだわ、と考える読者がいるかも知れません。トンデモナイ。伊藤整氏の観察するところでは、遠からぬうちに、この国ではまた、「正義」のために兵隊になって死ぬことが善行とされ、社会秩序に害のあるデカダンスの文学は禁圧され、ストライキなどをすると死刑になるような制度ができるでしょう。

それでもなお、ヘラズロをタタク読者がいて、アタシハ女ダカラ兵隊ニナンカナラナイコトヨ、と言うかも知れません。それもまた短見というものです。選挙権や被選挙権などという権利だけを手に入れて、人を殺したり、人に殺されたりする義務は男性にだけまかせようというのは、ずるいです。すでにわが国の北方や東方にある巨大な先進国においては、数多くの女性の兵士がこの前の戦争に出て戦いました。そして、彼女等の戦闘成績はむしろ男性よりも良好であった、という報告がされています。今度原子爆弾の下に身をさらすのは、男性だけだわ、などという独善的考えは、やめておいた方が身のためでしょう。ですから、道徳や修身から身をかわした伊藤整氏の術策をのべたクダリをもう一度念を入れて読んでおくことをオススメします。

さて、そのように、旧日本の修身教育というものを、そのとおり正直に受けとることは、わが身の破滅であると伊藤整氏は判断したのでありましたが、しかしその修身的な考え方の形式の中には、伊藤整氏にとって、有利であると考えられた点も大分ありました。それは、女なるものは、ヨメに行ったら夫に「仕える」ものである。夫の言うことに絶対に服従すべきものである。リンキをしてはならないものである。夫が何日家をあけても、帰ったらニコニコしてキゲンよく出迎えるべきものである。夫が馬などを買いたいと思うのに、金がないような時は、かのヤマノウチカズトヨ君の妻のように、サトから持って来た全財産を、夫の勝手な使用にゆだねるという形で、ソックリソノママ提出すべきものである、等々の諸点でありました。

これ等の修身的教訓は、男性である伊藤整氏の方にはこれを守る義務がなく、将来の伊藤整夫人たるべき女性が専ら守ることに努力すべく定められていたところのものでした。男性であり、かつその上、もしミメウルワシイ少女があって伊藤青年の容貌や思想に賛成するようなことがあれば、結婚しても悪くない、などというアサハカな考えを持っていた伊藤青年は、兵役その他の義務さえ巧みに回避してしまえば、修身君の説く義務は専らわが将来の妻が果たすべきものであって、オレの方では、ほとんど果たすべき義務という程のものはないらしいな、という予想をすることが出来たのでした。このような極めて有利な予想において、伊藤整氏は、氏の容貌と思想に賛意を表したミメウルワシイ乙女であったところの伊藤整現夫人と結婚しました。

　さて、その二十年後の今日である一九五三年度において、その結果の全部とは言わないにしても、一部を報告することは文筆業者であり、かつ思想家である自己の義務である、と氏は感ずるのであります。まず伊藤夫人の側において、これ等の旧秩序的修身的責任を可能な限り実践したことは確実であります。しかし、その後、まだ太平洋戦争も戦われず、日本の旧秩序も崩壊せず、新憲法も成立しなかったうちに、伊藤整氏の家庭では、現在の新憲法下の理想的家庭秩序と同質のものが、早くも成立していました。それは、女性をして、これ等の修身的善行を成就させるためには、男性の方で、好きなときに馬を買ったり、何日も家を留守にしたり、浮気をしたり、乱暴なことをしなければならない。それ等の妻の美徳の原因となる諸行為を実践することは、伊藤整氏のような善良な男性に耐えがたい負担だ、というのが主な原因でありました。伊藤整氏は、しかも、そのような家庭の急進革命的秩序が世間に洩れることだけは極力これを防ぎ止めよう、と努力しました。男性から裏切り者と言われて闇討ちに逢ったり、日本の伝統の破壊者として憲兵に引っぱられたりすることを、氏は好まなかったのであります。

　伊藤整氏は伝統的な日本の男性の諸特権を新憲法の成立に先立って放棄しました。戦後、日本の女性が、夫に仕えるのでなく、夫と協同生活をし、夫の浮気にリンキしないことを中止して、リンキや離婚訴訟をし、財産相続権、選挙権、被選挙権等の諸権利によって独立人格を確保し、代議士やP・T・Aの会長となり、女性は、男性と同じものであるばかりか、もっと有能で強力な人種である、との趣旨の演説をしたりしました。その頃、伊藤整氏夫人は代議士やP・T・Aの会長となるという名誉は持ちませんでしたが、それと別な名誉を伊藤整氏夫人は持っていました。それは、伊藤整氏夫人が、結婚後二十年にして、なお大変若々しく、かつ美しくすらあるということであります。

先頃伊藤整氏は、日本の代表的な週刊雑誌『週刊朝日』に載った伊藤整氏夫人の写真の下に「我が妻を語る」として、次のように書きました。「伊藤整氏夫人は、これを二十歳と十八歳の二人の大学生の母親として考えれば、格段と若くかつ美しく見える、と旦那様である私としては確信している。戦後、十五年ぶりぐらいで、女の子が生まれた。伊藤夫人がその子を連れて歩くと、伊藤家には大きな子供がいるのに、あの奥さんは、とても若いし、あんな小さな子があるから、多分後妻であろう、と言った人が二、三あった。換言すれば、私の方が格段にフケているというのである。また私が、奥さんをカンタンに取りかえるような種類の男性だというのである。奥様が若く見えるのは、旦那様が奥様を大事にし、苦労させなかったということの証拠なのであるが、あまり大事にしすぎると、私の場合のように、世の誤解を招くという結果にもなるのである。」

どうやら、ここまで書いたところでは、この文章は、女性への講義でなく、伊藤家の秩序とその夫人の宣伝文であるかのような形を呈して来ました。人間は、とかく、自己又は自己の妻についての宣伝は、機会さえあれば、進んでこれをしたくなるものであって、伊藤整氏のような悟れる人においてすら、その欠点を完全にマヌカれることは困難なのでありますから、一般読者におかれては、井戸バタやP・T・Aの会合などに出席した際は特に気をつけるべきことであると、言わねばなりません。

しかしながら、女房はこれを大事に扱えば、相当の古物になっても、若くかつ美しく見えるものだ、というクダリを、特に、読者におかれては、夫なり、息子なり、恋人なりに読ませておくことを、伊藤整氏は、ここで強く希望するものであります。また自己又は自己の妻の宣伝すら、これを教訓として使用しようと思えば使用し得るものである、という点も、P・T・Aや同窓会などにおいては、相当の応用価値がありましょう。

伊藤整家において戦前から内緒で実現していたような種類の女権拡張または女性崇拝的な新秩序を日本国にもたらし、日本の女性の力で日本男子どものアラギモを取りひしがしめ、再び日本男性がアメリカやイギリスの男性を脅かすような、勇気や武器を決して持てなくしてやろう、と決意して、そのとおり実践したのが、かの連合国軍総司令官であったマッカーサア君でありました。氏の思想は、伊藤整氏のそれと、ほぼ同様なものでありました。しかしマッカーサア君はアメリカの男性の安泰を願うあまり、少しやりすぎたようであります。氏が解任される少し前に、朝鮮の戦争が起きました。アメリカの青年が主としてその戦いを戦いました。そしてあるものは傷つき、あるものは死にました。これは第三次世界大戦の始まりであるとか、近いうちに原子爆弾の戦争が始まるなどという流言が飛びました。その頃から氏は、日本男子に再び多少の勇気を持たせ、彼等を再び武装させ、アジアにおいてアジア人を戦わせることが、アメリカ人の安泰により多く資するユエンである、と考えるにいたったようであります。

その頃、アメリカ国内に於ては原子爆弾防禦の演習を市民たちがするようになりました。伊藤整氏夫人を日本の代表的週刊雑誌がトリアゲたように、その時、アメリカの代表的週刊雑誌である『タイム』がマッカーサア夫人の問題を報道しました。それは大体、次のような事がらでありました。マッカーサア君が当時日本に連れて来ていた夫人は、氏の第七番目の夫人である。そして、アメリカの某市には、氏の第五番目の夫人が住んでいる。その夫人は、自宅の地下室に極めて堅固な爆撃待避室を作った。その理由を記者に訊ねられた時、マッカーサア第五夫人は答えた。敵国はきっと、私がマッカーサアの第五夫人であることを調査して知っているにちがいないから、多分爆弾を私の家の真上に落とすであろう。それだから私の防空室は特に念入りに作らねばならないのである、と。

この報道文は、実に色々なことを伊藤整氏に考えさせました。第一は、オレとちがって、マッカーサア君は、実に何度も奥さんを取りかえたようであるが、それは如何なる原因によるのであろう。彼女たちは、ダンナであるマッカーサア君と別れる時、笑って別れたであろうか、それとも日本の女性がそのような時にきっとするであろうように泣いて別れたであろうか。

第二、日本の旧秩序の時代でも、女房を七人もオン出したら、相当のカゲロをきかれて、軍人などは出世のサマタゲになっただろうが、アメリカは自由な国だから、正式に離婚して、そのあとでまた別な女性と正式に結婚さえすれば、七人であろうが、十人であろうが、カゲロを叩かれないばかりか、元帥になり、総司令官になることが出来るのだな。羨ましいことだ。

第三、六人の別れた女房に、それぞれ、マッカーサア君が一人で生活費を分ち与えているとすれば、これは随分ボウダイな金額になるだろう。マッカーサア君は相当の高額収入を得ているだろうけれども、六人に払っているとすれば、なかなか楽じゃないだろうな。大分生活を切りつめなければならないだろう。

第四、しかし離婚は彼のみがするとは限らない。日本がアメリカと同じような自由国家になった以上、オレだってオレの奥さんとある日突然意見が合致しなくなったり、別なミメウルワシイ女性に惚れられたりして、ノッピキならなくなり、愛する伊藤現夫人と離婚するかも知れない。マッカーサア君の年配になるまでには、まだ二十五年ほどあるが、その間に六人の女房と別れるとすれば、四年毎に離婚をして、また大急ぎで結婚をしなければならない。それは随分急がしい話だ。彼女等の扶助料と結婚費用のことを考えれば、オレは今から相当の貯金をしておかねばならないのではあるまいか。

第五、離婚して生活費を送っているからと言って、伊藤旧夫人たちは、必ずしも安全に暮らせるわけではない。もしオレが誰か亀井勝一郎とか中村光夫とか臼井吉見などという評論家と論争したりするようなことがあれば、その時、亀井、中村、臼井等は、オレにはかなわないと考えて、そのかわりに、オレの旧夫人たちを攻撃して、彼女等はオシャレだとか、カナボウヒキだとか、ケチンボだなど言って非難するかも知れない。現夫人の外に六人の旧夫人たちを、敵の攻撃から守るということは、これは容易ならぬ重荷だ。それに、そのようなオレの博愛的行動を、そのオレの現夫人が許可するかどうか、これも問題である。

その『タイム』の記事を読んだ時、伊藤整氏は、以上の五つの点について、深甚な考慮を払わなければならなくなったのでありました。しかし、それと同時に、根本において、一度も離婚の経験を持たない伊藤整氏は、六回の離婚の経験を持っているマッカーサア君を非難する気持には、少しもなりませんでした。むしろ、マッカーサア氏の女性経歴の豊かさは羨むべき事だと思ったのでした。

ここで、再び本稿の初めで述べた修身と道徳の項目に戻って伊藤整氏は考えなければなりませんでした。オレの奥さんは、特別に長持ちする美人で、そして性格も麗わしいから、その上、オレは別れた女房に仕送りをするほど金持ちでもないから、こうして安全に最初の結婚生活を送っているけれども、果たして世の男性たちは全部、安全にその妻のみを守って暮らしているであろうか。そうではない。実に歎かわしいことであるけれども、そうではない。男たちは、多く、妻がありながら、他の女と恋愛し、他の女を買い、他の女を囲い、他の女とアイビキするものであります。しかも、そういう男たちが悉く悪人で、悖徳漢《はいとくかん》であるとは伊藤整氏には言い切れないのです。

なるほどマッカーサア氏の指令によって戦後の日本に出来た憲法においては、男女は同格に扱われ、妻も男も、相手が不貞をすれば、それを理由にして離婚を自由にできるようになっています。それについては伊藤整氏は心から賛成するものであります。マッカーサア君が、身をもって実践しているように、結婚生活に愛や相互の理解が失われた時、離婚は自由であり、かつ不名誉なものでありません。ただ金がかかるらしいのは、致しかたないでしょう。離婚は自由である。そして、結婚生活の中では、たがいに相手に専属するという性の独占の約束があるのですから、それへの裏切りは悪いことであります。

なぜ専属しなければならないか。これは実に重大な問題で、今後の性の問題の中心はここにあるでしょう。愛のある所には必ず貞操がある、と言われます。また性の正しい認識のある所には必ず貞操がある、というロレンスのような思想家もいます。私は、今のところ、このような重大な問題をたった一度で考え切って、断言することは一応やめておいて、今年一杯かかってゆっくりと考えようと思っています。現実に、愛し合う男と女に、たがいに貞操を求め合い、現在の法と表向きの社会通念の上では、それは男性にも女性にも等しく要求されています。

けれども、日本でもヨーロッパでも、裏面的には、かなり公然とした状態において、男性の性の自由を満たす設備や約束は、広く存在しています。数限りなくある酒場の多くのもの、売淫窟の全部、などが、それを示しています。その数と範囲の広さに較べれば、女性の性の自由さを満たす設備は皆無と言っていいでしょう。何故でしょう。男性における性の働きは、本来強烈で、撒布的で、積極的で、できるだけ多数の女性に働きかけるように作られているからです。これに反して、女性の性は受動的で、消極的で、一つの巣を安全に守り、そこに落ちついて子を育てるように出来ています。この事は多くの動物における両性の働きを見ても明らかです。もし男性におけるこのような積極性が失われ、男性が女性のように静かになり、受動的、受容的になったとすれば、それは男性的要素の欠乏で、去勢状態になったと言われるところのものです。ですから、ある男性が、多情で、好色で、スケベイで、女あさりに日を送るということは、その「人間」が悪いのではなく、その人間が自己の男なる性の本来の働きの誘いに引きずりまわされ、それに駆り立てられ、抑制できない状態にあることを意味します。自己の中にある、この抑制しがたき多情さに男性は負けるのです。彼は悪人でしょうか。私の目からは、彼は本能の犠牲者で、気の毒な人間に見えます。

ある女性を愛して結婚したから、即ち性の独占を女性に誓ったから、妻のみで満ち足りているというのは、男性の本来の姿でありません。もしある男性が、結婚していて、妻にしか性の衝動を感じない、と真心から告白したとすれば、私は、その男を偽善者だと言います。そのようなことは、次の場合にしかない事です。第一、この世では極めて稀にしかあり得ないほど強い、ほとんどアブノーマルな愛を彼はその妻なる女に抱いている。彼は気違いに近い。第二、彼は花柳病が怖ろしい。第三、その男は半ば去勢者である。第四、彼は性的に多くの経験を持った結果、その妻にしか満足し得ないことを発見した畸型《きけい》の性を持つ男性である。即ち、普通のノーマルな男性は、妻を愛しているに拘らず、機会があれば、数多くの女性に接したいという衝動を元来与えられているものなのです。もし男性一般がそのような、可能な限り到る所に子孫を残そうという健康な本能を与えられていなかったならば、人類は大分前に滅びている筈であります。この傾向は女性にもあることは事実ですが遙かに弱いもののようです。

男性に与えられている本来の衝動は、このような残酷なものです。それゆえ、自分の中のこのような残酷な本能に気のついている男性は、その自己の性を怖れ、恥じ、困惑し、実に閉口するのです。男性は、この本能を自己の罪であると感じて、寸時も心の安まる時のない、哀れなる存在なのです。彼は、オヨソ女ヲ見テ心ヲ動カスモノハスデニ姦淫シタモノデアルなどと言って、自分と他人とを責めるのです。この罪の意識のない所に、即ち女性に、真の宗教家は生まれませんでした。ものを考える力を持っている男性は、絶えず強烈な罪の意識に襲われているので、その深刻さは、女性が中々理解し難い程なのであります。その結果伊藤整氏は、哀レナルモノヨ、汝ノ名ハ男デアル、と、かのシェークスピア氏と全く反対の思想を表明せざるを得ないのであります。

しかもなお、現在の結婚生活の良識は、男性が愛人や妻ならざる女性に接することに反対しています。私もそれに賛成であります。現在までの結婚生活の中では、性の独占が犯されることは、生活全部が崩壊するような恐怖を引き起こすから、それを起こさせない為には、女性のみでなく、男性もまた妻や愛人以外の女性と戯れてはならないのです。そこで、私が特に言いたいことは、前記のような積極的、撒布的、多面的な本能を与えられている男性が貞操を守るということは、これは非常に大きな、ほとんど自己を殺すような努力の結果だ、ということです。この男の苦しみを一般の女性は認識していません。男女同権よ、男だって不貞が悪いのは当然よ、などと、女性は公式通りに言います。

しかし女性はノーマルな状態では、男性ほど強い散発的なる性の衝動を感じないものです。男性は、非常に大きな、意識した、意志と努力と自覚によるのでなければ、性的に貞潔であることができないものです。もし、ある女性が、その夫や愛人が自己に貞潔を守ってくれることを理解した時、彼女は、その男性に相当強い感謝と理解とを示すべきだと私は思います。男性、それは実に抑止しがたい性の力に追いかけられていて、苛責を負える、苦しめる、罪の意識に悩める哀れな存在であることを、世の常の女性は知らずにいて、ウチノヒトはアタシを愛していない、などと単純に考えがちです。

第四章　妻は世間の代表者

女性とは一体どういうものだろう、というのが男性の生涯の疑問であり、かつ研究対象である、ということを、私は経験的にかつ学問的、芸術的に知っております。従って男性とはどういうものだろう、ということが女性の生涯の疑問であり、研究対象である、と私が類推しても、それが男性としての私のウヌボレだとか一人ガッテンだなどと言われる危険はないと思います。その前提のもとに、私がその一員を構成しているところの男性について、その肉体的構造のことは危険ですから、その方の専門家にまかせることとして、精神的、情緒的、思想的方面のことをお話し申し上げようと思います。

お話をするには実例が必要なのですが、数多く小説や神話や自伝などの中に書かれている男性のお話には、信用しかねるものが多いのです。たとえば『金色夜叉』のハザマカンイチ君のように、毎年女性憎悪の念で月を曇らせるなどというのは、それほど貫一はお宮さんを愛していたんだわ、という喜びを女性に与えるとしても、とてもまともな男性とは考えられません。あんなに女性を憎むというのは、少しイカレテいると言うべきです。『ロミオとジュリエット』のロミオ君のように女性に対して極めて甘い言葉をササヤイて、その果てに、睡眠剤で眠ったジュリエットを死んだと思って、女のために死ぬというのは、女性の立場で考えれば本望でしょうが、もし彼が長生きし、アゴヒゲを生やしたり、ハゲアタマになったりしたら、とてもあんな甘いことを毎日ジュリエット夫人に言っていられないでしょう。また『春琴抄』の佐助君のように、生涯を愛する女に下男として仕え、愛する女性の顔が醜くなった時は、それを見るのが気の毒だから、自分の目を針でツブスというのは、女性への男性の永遠の絶対的服従の象徴ですから、女性の身にすれば、一生の願いには、ウチノヒトが私に仕えるときには、あのようであってほしい、と考えるのも無理のないことなのです。

これらの作品のようにもし男性が皆生活したとすれば、月は毎日くもっていて、うっとうしいことでしょうし、恋人が睡眠剤を飲む度に男が自殺するとすれば、いくら多産の女性が日本に多くても男性不足になるでしょう。また女性の顔カタチが衰えて、夫に見られるのは辛いと思う度に夫が針で自分の眼をツブしていたならば、杖をついた盲目の男性で街や村は一杯になってしまうでしょう。こういう風に説明して見ると、これ等の作品に書かれてある男性の姿なるものが、実践性のないトホウもないフィクション即ち作りものだということが解って来ます。

私は尾崎紅葉君やシェークスピア君や谷崎潤一郎君の同業者でありますから知っておりますが、この世であり得ないほどの愛着を女性に示す男の姿を書いた小説は、大変売れ行きがよく、またそういう芝居は、入りがいいものです。なぜならば、小説の読者は男よりも女が多く、また芝居の観客は男よりも女が多いからです。ソウカシラ、デモ、私ガアノ方ト行ッタ時ハ、アノ劇場ニハ男ノ人ガ大分イタシ、ソレカラ、アノ方ニアノ本ヲ買ッテモラッタ時、アノ本屋ハ男ノ客バカリダッタワ、と美しい眼で天井の方を見上げるようにして考え込む女性も、十人ぐらいは読者の中にいることと思います。

そうです。それだからなのです。芝居を見たり、レンアイ小説を読んだりする時期が人生には、どなたにおいてもあるものです。そういう時期には、男性が『ロミオとジュリエット』のような芝居に女性を連れて行きます。またそういう時期には、男性が『春琴抄』などを彼女に買って与えます。それでも女性が自分の求愛になかなか応ずる気配を示さない時、彼は多分『金色夜叉』を買って与えるでしょう。もっともこの作品は、難かしい漢字をフンダンに使った文語体で書かれていますから、学問のあるオバアサンたちに対して昔に示したような効果を、今の無学な孫娘たちに対しては、発揮しないかも知れません。そのような時、その青年が伊藤整先生に苦衷を訴えて、一体どうしたものでしょう、と言えば、伊藤先生は、そんなら、その内容を話してやるんだね。貧乏だということの外には何の欠点も持っていないマジメな書生を嫌って、金持ちだということの外には何の長所も持っていない男の所へ嫁に行くと、どこかの海岸で逢った時に足で蹴とばされるばかりでなく、定期的に月が曇って天文学の進歩をサマタげることになり、文化の敵と見なされる危険があるぞ、と。

そのような訳ですから、これ等の小説や戯曲が専ら女性のために書かれていることは確実なことであります。それで、青年の方はムッツリしたり、モジモジしたりしていても、これ等の小説を読まされ、または芝居を見せられた女性の方では、アノカタは、現に今、ロミオのように私を死をかけて思っているし、結婚すればきっと、佐助のように、私の我ままを一つ一つ聞き入れて満足させてくれるし、私の顔に誰か失意の人が硫酸をかけたりして、万一私の顔が醜くなるようなことがあると、それを見るのが可哀そうだと思って、自分の眼を針でツブすかも知れない。そしてもしこの人の求愛をこばんだりすると、この人は高利貸しになって世間に害悪を流すだろう。だから、と思って、彼女は彼と結婚するでしょう。そういう理由でこの種の作品はいつも需要の多いものでありますが、私共の専門の方から申しますと、この種の作品は売れ行きのよいことは十分わかっているのですが、特殊な気質と才能の所有者でないと、なかなか作れないので、技術的には難かしいものに属します。

ところが結婚して、そうですな、気の早い旦那様ならば、三日目に、何が理由だか解らないけれども、急に不機嫌になって、前のように愛想や愛のササヤキを言わないばかりか、これをロコツに述べれば、テメエノヨウナ、スベタト結婚シテ、生涯ノ大失敗ヲシテシマッタヨ、という意味の表情をするものです。このように書くと、未婚の女性は、マサカと思うでしょう。ところが既婚の女性は、伊藤先生は、どこかで私たち夫婦のことを聞いて、それを書いているのではないかしら、と思って、ギョッとなり、『婦人公論』を一度パタンと閉じてあたりを見まわし、それから、こわごわまた開いて次を読み続けるにちがいありません。

しかし心配なさることはありません。お宅のお隣でもそうだし、そのまたお隣でも、またそのお隣でも、もう一軒先の御家庭も、これは全く同じように起こる現象であります。ただどこの御家庭の奥さんも、この事をもって、ウチノ人ハアタシヲ愛シテイナイノダワとかアタシハ旦那サマニ嫌ワレテイルという深刻な意味に解釈するために、ウカツニロにしないから、おたがいに女性は自分だけのことと思うのです。それにしても、三日目というのは、少し早すぎる方で、その旦那は血のメグリが早いから、きっと商売では抜け目なく立ちまわります。末の見込み十分です。私、即ち伊藤整先生の場合は、ロミオ的又は佐助的な表現力に富んでいましたから、そのような急速な愛の表現の欠乏症にはかからず、もう少し持ちがよかったように記憶いたします。それは他方から申しますと血のメグリが悪いということでしたので、出世の方も従って大分遅延いたしました。

三日目は優秀な方ですが、平均的に、一般的に申しますと、結婚後、三カ月目、または三年目位で、この種の表情乃至言語が、きっと旦那によって発表されるものであります。この現象を、学問的に申しますと、人文地理の方では、ムンスーン地帯即ちアジア的米作地帯の家族構造において、女性を農業奴隷に馴致《じゅんち》するために、男性が本能的に取る所の威嚇行動として説明される所のものです。これを性心理学から申しますと、女性の確保によって、男性が求愛期間の擬態的女性崇拝の姿勢から脱出して、行動の自主性を取り戻したことの意志表示、つまりサカリが過ぎて、シッポを振る必要がなくなったことを意味します。また伊藤先生はガラの悪いジョーダンをお書きになる、と読者諸女史はお思いになるでしょう。

女性の方からお考えになると、この問題はジョーダンの種にするような、いい加減なことでなく、私の一生が幸福なのか、不幸なのか、それがこのたった一つの事できまるのだわ、というような問題なのです。そうです、この問題に悩まない女性が、かつて一人でもあったでしょうか。また、この問題に悩む女性に悩まされない男性があったとしても、それは例外的に幸福な男性、即ちバカか聖女か、又は初めからの女奴隷を妻にした男性でしかありません。

女性は、小説や詩やお芝居に現わされる永遠の愛のために女性に仕えたり、女性のために戦ったり、女性のために狂ったり、女性のために死んだりする男を、その恋人として幻想し、夢想し、その夢想にだまされて結婚します。愛のない所には結婚はあり得ない、という遊牧民族系統のヨーロッパ的思想が入ってから、一層日本の女性はこの問題を気にするようになりました。「愛」などという稀有な宝石が、一家庭に一箇ずつヘッツイのようにあるものですか、と言いたいのが私の本音ですけれども、そんなことを断言すると『婦人公論』の読者諸女史の怒りにふれてこの雑誌から追い出されてしまうかも知れませんから、断言は年末頃まで差しひかえましょう。とにかく「愛」というものが存在して結婚するものとすれば、愛は、結婚後三日目、三カ月目または三年目で消滅するのが普通です。私の推定では、一般に人々が、それを口実にして結婚生活に入る所のものは、愛でなくて情緒であるようです。我々俗人の男女は、本当は愛など感じもせず、理解もせず、願いもしないように思われます。ただ情緒のみは、たいへん貪欲にこれを願望するもののようです。その情緒が男性側において、早目に消失します。

女性は一般に、情緒抜きの生活や行動をしないものです。男性でもそれはありまして、特に私のような文芸に関係する人間は、その傾向が強いので、女性的資質に富んでいます。男性の側でその情緒が消えると、女性は失望し、驚愕します。前に書いたように、この失望感は、アタシハ夫ニ愛サレテイナイとか、アタシガ美シクナイカラ、ウチノヒトハ、アタシトノ結婚ヲ不幸ダト思ッテイルという形で意識されます。ですから、人は愛によって結婚すべきだという近代的な結婚観が、明治以来わが国にひろめられてから、ほとんど総ての人妻は、この絶望感に襲われながら生活し、悲しみながら死んで行ったように思われます。

フローベルというフランスの小説家が、女性の生活に見出した問題は、実にこのことでした。フローベルは、女性が夢想的な情緒を生活の中で実現しようとして結婚し、それが満たされないままに、その情緒を与えてくれそうな、よその男に近づき、次々と情緒を追って恋愛を重ねて行って、破滅する一生を描きました。これが『ボヴァリイ夫人』という小説です。愛というのは極めてストイックな生活の中にしかあり得ないもので、バランスの操作が大変難かしいものです。

たとえば、何人もの子供を持っている母親が、その子供の一人一人の性質を考えて、それをはぐくみ、兄弟の中で調和させ、世の中にうまく合わせて送り出してやる。そういう時の大きな弾力のある、その人の立場になって考えてやる心の働きが愛です。

ところが夫の愛を求婚時代の型で維持させようと願う妻の衝動は、そのようなものとは質的に違っています。また、ここで、もう一度、女性を驚かせることを書きますが、人生を真剣に考える夫は、きっと妻をうるさがり、嫌うものなのです。あまり驚かないで下さい。こんな不作法な真実を述べる文学者や文化人は本誌には、これまで一度も現われなかったでしょうから、ビックリされるのも無理がありません。しかしこれは私の独断ではありません。近代の日本で、愛の問題を最も深刻に考えた北村透谷君の文章を証拠として次に引用します。「厭世詩家と女性」という文章で、それは「恋愛は人生の秘鑰《ひやく》なり」という有名な一句で始まっている恋愛論です。秘鑰と言うのは、秘訣とか奥の手を極める方法という意味です。この文章の中で、透谷は、なぜバイロンが妻を狂人のようなヒステリイにさせながら自分が恋愛巡礼をしたか、なぜシェレイが妻を棄てて自殺させたか、またなぜ大真面目な思想家と思われたカーライルさえ妻の悪口を書き残したか、という問題を論じています。

そして透谷は厭世家という言葉で、真面目な男性を考えていますが、それは厭世思想を持つ者という意味でなく、社会の欠点に気がついて、実社会の俗悪なことを嫌う正しい人間という意味です。透谷は言います、「彼等は人生を厭離するの思想こそあれ、人世に羈束せられんことは思ひも寄らぬところなり。」ところがそういう男性は「婚姻によりて実世界に擒《りよ》せられたるが為に、わが理想の小天地は益々狭窄なるが如きを覚えて、最初には理想の牙城として恋愛したる者が、後には忌はしき愛縛となりて我身を制抑する如く感ずるなり。」そういう風であるから婚姻は男性をして「一層社界を嫌悪せしめ、一層義務に背かしめ、一層不満を多からしむる」ものであり、「かるが故に始に過重なる希望を以て入りたる婚姻は、後に比較的の失望を招かしめ、惨として夫婦相対するが如き事起るなり。」

簡単に言いますと、知識階級の男性は、社会を常に批判的な眼で見ているから、その俗悪な社会の現実に屈服することを嫌っているのです。ところが結婚をすると、新しい親戚が出来て嫁の母や嫁の父などに気兼ねをしなければならなくなり、また勝手な行動をして失業することもできなくなり、月給はみな妻に渡さなければならなくなり、家庭の交際や近所附合がうるさくなりますので、俗悪な社会に自分が束縛され、屈服させられ、自由をすっかり失ったような気持になります。即ち男性にとって最も必要な自由な行動や自由な批判をする権利が、みな妻を持ったことで失われたと考えるのです。それで彼は妻を、俗世的存在と感ずるのです。私自身も経験的にこれを真実であると保証いたします。

このような大事なことに、たいていの教育者やたいていの親は気がつかないものです。まして若い娘や若い嫁に気のつく筈はありません。さらに重大なことは、男性自身が、自分でこの事に気がつかないのです。そして彼は現実には、結婚後三日目にして、妻に飽きたように感じ、この女に束縛されて一生を台無しにするのか、と考えるのです。本当はそうではなく、自分を世間に縛りつけ、古い社会秩序に屈服させるものが妻であるように感じているのです。

ところが妻の方から考えると、女性は「愛するよりも愛せらるるが故に愛すること多きなり。愛を仕向けるよりも愛に酬ゆる」傾向を強く持っているものです。そして「男性の一挙一動をもつて喜憂となす者なり。然るに不幸にして男性の素振に己れを嫌忌するの状あるを見れば、嫉妬も萌すなり、廻り気も起るなり。」と透谷は述べています。そしてその上さらに、男性は、前回に述べましたように、本能的に多くの女性を求めるものですから、妻をこのような形で嫌う以上、ほかの女性、つまり自分を縛るという感じを与えない種類の女性に走るのです。しかし、万一そういう事が起こっても、そこには自然に限度があるので、その種の他の女性と結婚する気は殆んど決して起こさないものです。何故ならば、結婚する時に、男性は結婚生活を共にするのに一番よさそうな女性を選ぶものです。彼が束縛感なしで交際できる女性は、きっと結婚生活には適さない型の女性です。即ち逆説めきますが、妻として理想的な女性は、きっと束縛感を与えるものなのです。ですから、夫の方で束縛されると思ってニラミつけるような妻は理想的な妻なのであって、夫は決してその妻と別れる気はないのです。ただその妻が、その時、自分が嫌われたと思って騒ぎ立てると、その時のハズミで夫はよそへ走るかも知れないのです。

私も北村透谷君も、決して妻を奴隷化する旧道徳を生かすことを目的としてこのように言っているのではありません。ただ現実の事情を解らせることが解決や調和をもたらす第一歩でありますから、事実を述べるだけなのです。即ち夫に憎まれていると感ずるような妻は、正しい妻であって、本当は自分が憎まれているのでなく、大家さんや、口うるさい彼女の母や、近所の細君たちや、酒屋の勘定とりや、ガス屋や電気屋の集金係などが夫に憎まれているのです。私に一人の頭のいい友人があって、彼はある時言いました。うちの奥さんは債権者どもの代表なんだよ、と。ですから、初めに戻って、妻は世間の代表者なのである、という定義を訂正しないでおいた方がいいのです。即ち女性は「醜穢なる俗界の通弁となりて、夫の嘲罵する所となり、其冷遇する所となり、終生涙を飲んで、寝ての夢、覚めての夢に、郎を思ひ郎を恨んで、遂に其愁殺するところとなるぞうたてけれ」と透谷は言っています。これが現実です。

それでは、やっぱり結婚は恋愛の墓場なのかしら、と未婚の少女たちは考えて悲しがるでしょう。そして美しい少女たちは、あの修道院や尼寺や男子禁制の少女歌劇などに入って、そこを満員にし、街上から花のような姿を消し去り、青年たちに寂しい思いをさせることになるかも知れません。そうなると、真実を述べるという北村君や私の努力は、社会に害悪を流したことになるでしょう。私個人としては、真実のためには多少害悪が社会に流れても構わないと思っていますが、北村君は気の小さな人だったので、それでもなおかつ、恋愛は人生のヒヤクであり、恋愛によって結婚をすることは人生の至上の理想だとして、次のように述べました。

結婚によって男性が「俗化するは、人をして正常の位置に立たしむる所以にして、上帝（つまり神ですよ）に対する義務も、人間に対する義務も、古へ人が爛漫たる花に譬へたる徳義も、人の正当なる地位に立つよりして始めて生ずる者なる可けれ、故に婚姻の人を俗化するは人を真面目ならしむる所以にして、妄想減じ、実想殖ゆるは、人生の正午期に入るの用意を怠らしめざる基ゐなる可けむ。」だから透谷は独身者の見る社会は本当のものでない、「独り棲む中は社界の一分子なる要素全く成立せず」「男女相愛して後始めて社界の実相を知る」と考えました。

しかし透谷は美那子という妻と恋愛結婚をしていたのですが、生活の現実においては、彼のこの言葉に反して、やっぱり社会の怖ろしい束縛に苦しめられました。彼は遂に耐え切れずに自殺してしまいました。このように結婚生活の実相を理解していても、解決は決して簡単でありません。社会に縛られることは、古い考え方や古い習慣を正しいと思って生きている人たちに縛られることになるのです。そういうものに抵抗し、それを改めようとしても、一時代や二時代で出来ることではありません。ですから現実には、ある所は戦って改めて行き、ある所は妥協することによってしか、家庭の生活は続けられないでしょう。

革命家ならば妥協の苦しみをしません。古い秩序を一挙に変えることが仕事だからです。革命も考えず、自殺をする気持はもとよりない一般の男女においては、やっぱり妻は夫に憎まれる、と感じ、夫は妻によって悪質の社会に束縛されると感ずるということの悩みを解決することができないでしょう。それでも、この事実に気のつくことは、女性にとっても、男性にとっても救いになることだと、私には考えられます。

夫は決して私を憎んでいるのではない。親戚附合やお祭の寄附や会社の上役たちがいけないからウチノヒトは不機嫌なのだ、と考えると、妻たちは心の安定を得るでしょう。女房がオレを縛るのではない。女房の旧式なオフクロや金を出してくれない女房の親父や、隣近所のカナボウヒキの女たちが、女房の考え方に影響を与えるものだから、女房がオレを縛るような気がするだけだ、と考えれば、男性は気持の上だけでも楽になるかも知れません。

しかし、ある人たちは、元来一番いけないのは、社会制度でも女房の母親でもなくって、『ロミオとジュリエット』だとか『春琴抄』のような甘いウソの話を書く文芸作家共ではないのか、伊藤整もその一味ではないか、と考えるかも知れません。しかし、そういうものの働きがなければ、女性と男性は、至福に満ちた結婚などというものを、なかなか容易にはしないにちがいありません。そうすると人類は五、六十年で滅亡するかも知れません。ですから、実用的に言っても、甘美な情緒に満ちた文芸作品は相当高い価値を人類に対して持っているものなのです。

第五章　五十歩と百歩

一九五三年の二月二十八日、日仏会館員なる菅谷直子女史は、次のような文章を『東京新聞』に発表されました。

「ある婦人ばかりの会合で、夫婦仲がよいという評判の女流作家が『どこの奥さんもだんなさまと別れたがっているのよ、私の周囲には満足している奥さんなんて一人もなし』と確信に満ちた口調で言った。すると居合わせた夫人たちは『あら、私の仲間も』『私たちのグループも』とすかさず同調した。

近ごろは恐妻会とか、愛妻会とかが作られ、民主主義の世の中になってから、急に細君たちが威張りだし、亭主を圧迫しだしたような印象を世間に与えているようであるが、宣伝通りの妻の権力がそんなに強くなっているものなら、どうして世の妻たちの中に、こんなに別れたがっているのが多いのだろう。

簡単に別れられないというのは、経済問題や子供の問題ばかりではないだろう、と言って女性のみれんと考えるのは男のうぬぼれで、正直に言えば、どんな男も五十歩、百歩という妻のあきらめが夫のギマンを認めさせている場合が多いようだ。真の夫婦の危機とは、人間的に目ざめた妻が自分自身をごまかし切れなくなった時であろう。

女の精神生活は男が考えているほどルーズなものではない。夫がどんな技巧をもって妻のきげんをとろうが、世間をあざむこうが、夫に人間的な誠実さがないかぎり、妻の心をごまかすことはできないだろうし、また他の女の心をつかむことも困難だろう。少しでも民主主義の世の中の空気を吸った女には、男のエゴイズムが鼻につきだしたようである。」

これが菅谷女史の書いた文章の全部であります。この文章は、私に大きな感動を与えました。言い直すと、私はギョッとしました。ひょっとしたら私の奥さんも、その会に出席していたかも知れず、またその発言者のどなたかの「仲間」とか「グループ」の一人かも知れないからです。これは大変なことになりました。更に、読者はつとにお気づきのことと存じますが、ここで「私たちの仲間も」とか「私たちのグループも」と言うのは、「私」又は「私自身」が一番旦那様と別れたいと思っていると言うことらしいのです。

そう致しますと、菅谷先生が、この時この会でお逢いになった奥様方及びそのお仲間は、一人残らず、旦那様と別れたいと本心から思っていることは間違いないことであります。しかし、その会に出席されたであろう所の多数のミメ美ワシイと推定される奥様方の中で、ただ一人意見の明確でない方があります。それは菅谷直子女史その人であって、女史は大分この奥様方に賛成であるらしい立場で論じてはいられますが、「私も私の旦那様と別れたい意志を持っている」とは明言していられません。多分菅谷女史は、どんな旦那様でも、旦那様さえ持っていれば別れてやるんだが、今の所まだ旦那様を持っていない処女だから「別れる」訳に行かないのでしょう。あるいは、ひょっとしたら菅谷さんは、旦那様を持ったけれども、その旦那様が気に入らなくて、とっくに別れてしまったから、現在の所は別れたくても、別れる相手がない。それで、離婚に関しての御自分の態度を表明する必要がないのかも知れません。

しかし、大変意地悪く推定するようで失礼でありますけれども、もう一度菅谷女史の文章を読み直して見ますと、最初に口を切った「夫婦仲がよいという評判の女流作家」を初め、発言した女史たちは、一人として御自分の旦那様と別れる意志を持っていると、あらわに発言してはいられないのです。別れたいのは、みな「私の周囲」の奥さん方であり「私の仲間」であり「私たちのグループ」なのです。とすると、私は前にカンチガイしたのかも知れません。私のお友達はみんな旦那と別れたがっているけれども、私だけはそうじゃない。私は私の旦那様を愛しているし、旦那様に愛されてもいる。死んだって別れてやるもんか、トモシラガ、またはカイロウドウケツだわ、と決意していらっしゃるのかも知れません。どうも、さっぱり訳が分らなくなりましたが、ひょっとすると私の奥さんもその時の発言者の一人かも知れないのですから、私の立場といたしましては、このように解釈しておくことも無駄ではないでしょう。

としますと、菅谷さんについても改めて考える必要がありそうです。菅谷さんは、多分立派な、私と同じ位に魅力的で、同時にマゴコロのある旦那様をお持ちなので、御自分だけは現在の旦那様と別れる気はサラサラないのかも知れません。そして不幸にも菅谷さんの旦那様のような魅力とマゴコロを持ち合わさない旦那様と暮らしている外の奥様方を哀れんで、この文章をお書きになったのかも知れません。

そういう風に、発言者の三人の女性と、この文章の執筆家菅谷女史と合計四人だけは、旦那様と別れる気のミジンもない幸福な奥様方であるといたしましょう。アンタ、ヨクッテ、私はゼッタイにアンタと別れはしなくってよ、と断言するほど幸福な女性が、一人でも多くこの世に実在するように考えたい傾向を、私は強く持っています。私はフェミニストです。ですから、その会に集まった何十人か何百人かの女性のうち、少くとも四人のミメ美ワシイ奥様方には旦那と別れる気がなかったと致しておきましょう。

しかし、悲しむべき事には、その会には、この四人の外の何十人、又は何百人かの女性が出席しました。何千人というほどの会でもなさそうですから、何十人の程度に推定いたしましょう。その何十人かの女性と、その知り合いの奥様方の全部が一人残らず、旦那様と別れたがっていることが事実だということを菅谷女史は断言されました。かりに、その時集まった人を極く内輪に見積って五十人としましょう。その一人一人が十人のお友達を持っていらっしゃるとして、その方々がみんな離婚の意志を持っている。とすると、五百人の女性が離婚を希望し、それに較べて離婚に反対であるのは僅かに四人です。

えらいことになりました。多分この会は、当代の女性のうち、もっとも美しく、かつもっとも智慧と学問があり、同時に意志や腕力の強い女性によって構成された会のように推定されます。

そうすると、容貌や智力や腕力や意志において日本一流であるところの女性たち五百四人のうちの、五百人までは離婚の意志を持っているのです。

この強烈なそして正義に合致するところの意志が、やがて実行に移されるだろうことは明白であります。そうすると、近い将来、五百軒の家庭には旦那様や子供衆がいるけれども奥さんがいない。一体どうしたんだ、と井戸端で茶碗を洗っている旦那さまに訊くと、オンデテシマッタヨ、と旦那は言って歎息するにちがいありません。五百軒の家庭はこわれてしまったが、四軒だけは円満に暮らしている。その一軒は菅谷女史の家庭であり、一軒は伊藤整氏の家庭であり、もう一軒は「夫婦仲がよいという評判」の某女流作家の家庭であり、もう一軒はよく分らない。

これらのすぐれた知識階級の家庭をお手本にして日本全国の家庭婦人の離婚希望率を最近流行の推計学の方法によって推定して見ましょう。たいへんなことです。全家庭の奥様方のうちその九十二パーセントは離婚を希望しております。

これ等の婦人は、それぞれ、旦那様は私を真心から愛しているのではない、だから、私は別れる決心だ、と考えているのです。もっとも、私が本誌で今年の初め以来、奥様はみな自分の旦那様に愛されていることを理解していない、本当は愛されているのですよ、と繰り返して書いて来ましたから、その影響は多分次第に現われて来ることでしょう。それにしても私の文章の力では、九十二パーセントの離婚希望率を九十一パーセント位に低下せしめるのがせいぜいでしょう。

こういう問題は、根本的に考えて見る必要があります。実は、私も菅谷さんと殆んど同じような推定をしております。ある時、私は私の友人と、ちょっとした居酒屋に入って酒を飲みました。初めて逢ったその居酒屋の五十ぐらいのオカミさんが、そこに坐っていて、ふと何でもない話に口を出して、自分はもう二十年も前から、今日こそ出て行こう、今日こそ、と毎日のように考えていて、そしてそれを実行しない内にこの年になってしまった、と心から歎くような顔で言いました。私は一度に酒がさめてしまって、考えたものです。このオカミは私の酒の酔いをさまさせて、そのあと改めてまた酒を売りつけようとして、こんなことを言うのかしら、と。しかし、そうではなさそうでした。物分りのよさそうな紳士である私と私の友達に向って、彼女は自分の胸の中を聞いてもらいたかったのでしょう。そして、私は、ああ、これがあらゆる女性の歎きの声だ、と痛感じたものでした。ですから、私は菅谷女史のこの文章を見た時、改めて、知識階級の女性たちもまた、あの酒屋のオカミと同じあらゆる女性の歎きを歎いているのだ、と胸をつかれました。私は菅谷女史の文章を切り抜いて日附を書き入れて保存しました。

さて、改めて私は女性たちに問いたいと思います。女性の九十一パーセント、ひょっとすると既婚者の百パーセントが離婚した方がよいと考えているのに、何故人類は、まあ人類というのは大げさだとしても、なぜ、日本の女性は結婚するのだろう。なぜ、結婚した女性は離婚しないのだろう。一体結婚がこんなに人間を不幸にしているのであれば、何故、結婚は不必要だ、いな悪徳だ、と言い出さないのだろう。おたがいに、みんな、結婚をやめてしまったらいいのではないでしょうか。

昔は、明治や大正時代には、いなそのもっと前には、恋愛は悪であって、(知識階級や私のような文士たちはそう思いませんでしたが) 結婚は、(自分の意志に反したものですら) 善とされていました。今では恋愛は善でありますが、結婚は不平不満の原因なる悪とされるに至っています。現代人は、その不平不満の原因である結婚をやめて、喜ばしいものである恋愛のみを、何度でも新しく行った方がいいのではないでしょうか。一体なぜ結婚が必要なのですか。恋愛と育児院とがあって、そして結婚などという暗いものはない方がいいのではありませんか。賢明なる菅谷女史もつとに書いていられます。「正直に言えば、どんな男も五十歩百歩という妻のあきらめが夫のギマンを認めさせている場合が多いようだ」と。

どんな男も五十歩百歩、というのは、どうせ旦那を取り変えたって、別な旦那がもっとよいとは限らない、という意味です。あたしのこのつまらない旦那をあの有名な伊藤整先生に変えて見たって、伊藤先生だって多少の浮気はするだろうし、時にはゲンコを振りまわすだろう、という認識であります。全くその通り、そう考えて伊藤先生を誘惑するのを早目にアキラメるお方は、先見の明があるというものです。私は私の奥様を愛しているからこそ目下の所は浮気もせず、ゲンコも振りまわしませんが、奥様が変れば、両方とも即時に実行に移すにちがいありません。

しかし、どうも、私はここで、もう一度申しますが、根本的な疑いにぶつからざるを得ないのです。どんな男も五十歩百歩である、というのは、男はみなその馬鹿さ加減において大差のないものだ、ということです。としますと、馬鹿なこと、浮気なこと、マゴコロのないことが男の通有性だということを女性たちが認めていることです。菅谷女史のような優秀な女性も、ほぼそれを容認していることとです。そんな男性を相手に結婚することがバカバカしいことであれば、そんなものを相手に恋愛することの方が、もっとバカバカしいことではないでしょうか。結婚が彼女等に維持されているのは、アキラメと妥協とによるものらしい。だから、本気でなくても結婚生活を維持することは、女性には可能なようです。その本気でなく行っている結婚生活をやめるとします。そして本気で恋愛するとしましょう。その時男性は相かわらず、馬鹿で、浮気で、マゴコロを持たない人間なのです。とても本気の恋愛などをするに値するシロモノではありませんね。

私は、かねて自分を頭のいい人間だと思っているのですが、以上のように、いろいろと考えて見ても、さっぱり訳が分らなくなりました。男が結婚や恋愛に適するような諸性質を持たないのは誰の罪なのでしょう。私のように極めてマレなる愛の悟りを持った男性もいます。しかし、私はよく知っています。私のような悟りを持った人間は一万人に一人もいないであろうことを。結果においては、私と同様、奥様を大事にし、家庭にサービスすることをもって人生の根本だと考える男性は、私の推定では相当の数あります。しかしその人々は、自覚によってそうなったのではない。エネルギイの弱さや気の弱さ、又は細君の気の強さや腕力の強さに押されてそうなっているだけです。そのような男性は妻から見ると、女房の尻にばかりくっついて、ロクなカセギもできない、意気地なし、骨なし、に見えるにきまっています。離婚の対象物件の一つです。

悟っていると自覚している私だってまことに危いもので、私の悟りを破るほどの強烈な魅力のある女性や、私の奥さん以上に美しい女性が現われて、私の戒律を打破すれば、その時私は忽ち浮気を始めるにちがいないのです。また私が何かの都合で、これ以上悟って、仙人となり、女性全体に、即ち我が妻も含めた女性全体と、家庭経済学的な金銭カクトク術の操作に無関心になれば、その時私は気の弱い意気地なしの旦那と同様のものになるのですから、私の奥様から見ると離婚の対象物件と化し終るかも知れないのです。私のみではありません。清水幾太郎先生とか中島健蔵先生とか宮城音弥先生というような、情理合わせそなえた高名なる諸先生におかれても、その夫としての実質は、私と大差あるものでないことを、私は敢てここに断言いたします。学あり、智あり、情あり、かつマゴコロも合わせ有する私ですら、実はそんな頼りないものなのですから、一般の男性をいくら教育したところで、現在の平均値以上に利口になるものでもなく、マゴコロ肥大症になるものでもなく、かつまた拳骨の軟化症にかかるものでもありません。男はそんなものです。五十歩百歩のものです。そこまで悟ったところの賢明なる菅谷女史及びその知人の夫婦仲のよいことで著名な女流作家たちは、一体何を男性に求めるのでしょうか。

私は、私の奥様や彼女と同年配の夫人方に対してはもう時機遅れですから希望いたしませんが、それよりも若い女性たち、特に現在七歳になる伊藤家の令嬢をも含めて、これから後の女性に二つのことを希望したいと思います。一つは、結婚とは男性が全責任を負って女性を幸福にするために設けられた約束ではない、と考えること。もう一つは、自分でも生活できるような職業や技能や学問を身につけることです。

私の尊敬している神近市子先生が、その令嬢が結婚する時に、いやになったらなるべく早目に別れなさい、と言った、ということを本誌で知りました。私も私の娘に対してそう言うつもりです。また私の尊敬するある老作家は、その令嬢の結婚式の時に、うちの娘は結婚が初めてだからいろいろ分らないことがあると思う、と言ったことを伝え聞きました。この二つの例は、在来の日本の父や母たちの背中を寒くする言葉にはちがいありませんが、私には、たいへん智慧に満ちた言葉だと思われます。もし読者がまだ結婚したことのない方で、結婚というものをして見たいというキトクなことを考えているのでしたら、この二人の言葉のように結婚というものを考えて頂きたいと、私は希望いたします。

これでもまだ物事がはっきりしません。私が先程から書きたくてたまらないことなのですが、本誌の読者が全部女性であると思うと怖ろしくて書く元気の出なかったことを、仕方がなくなりましたから、ここに思い切って書きましょう。

それは、つまり、女性方は、この男性がきっと私を完全に幸福にしてくれる筈なんだわ、と考えて結婚生活に入るのではないか、と言うことです。もっとも、君が僕と結婚してくれれば、僕は責任を負って君を幸福にしてあげる、という種類の言葉は、私のような言葉の使用法の専門家でリアリズムから逸脱することを怖れる用心深い文芸作家の男性ですら、どうやら結婚の前、あの魅いられたような一時期には言ったらしいのですから、私よりもソコツヤの多い言語用法に素人なる一般男性は、結婚を熱望している青春の一時期においては、アトサキの見さかいもなく、この最上級の宗教的な表現を使いたがるものです。ですから、女性が、私がじっとしていれば、ダンナサマは私を幸福にしてくれる筈だ、と、その言葉を正確に覚えてその約束の履行を待ち受けて日を送るのは無理もないことなのです。

しかし、旦那様が結婚前に、そのような詩的な最上級の表現を使っても、それは、使用される対象であるアナタがそれだけ魅力に富んでいたという証明になるだけのことであって、それ以外の意味はありません。大学を卒業して、多分一年か三年しか経っていない男性の一時の意志などというものは、どんなにはかないものであるかを、改めてお考え願いたいのです。生きていて死ななければ、生活のリアリズムは続いています。外にはマゴコロの肥大を抑制《よくせい》する資本主義の悪質な社会があって、その中で男性は働きます。うっかり奥様の希望に従って、マゴコロを肥大させたりしようものなら、他人を押しのけて出世することはできません。従ってマゴコロを持っている男性は金のユビワやダイヤモンドで奥様を飾ることもできず、また運転手づきの自動車を買って奥様に買いものをさせることも覚束なくなりましょう。社用で待合やキャバレに行くことを拒否するような男性は、課長や部長や取締役や大臣になる見込みはないものと思わねばなりません。資本主義社会では、旦那が出世するほど奥様が不幸になることが、きまった生活の方向でありますす。またマゴコロを持っている旦那様は、きっと商売が下手だったり、オベッカの用法に習熟しなかったり、エネルギイが不足したり、追い立てをしばしば食ったりするものです。これを外部的リアリズムと言います。

内部的リアリズムというのがまたあります。美しく魅力があるからという理由によって、奥様に惚れた旦那様は、それと同時に、他の女性たちの、美しい魅力にも敏感なものです。私だけを永遠に美しいと思えと強制することはできないでしょう。

旦那様から見ても、女性たちの魅力と欠点は五十歩百歩なのです。「正直に言えば、どんな女も五十歩百歩という男性のあきらめが、妻のバカバカしいヒステリイを我慢させている場合が多いようだ」と、このようにもし、私が書いたら、どうでしょう。また私が「ある男ばかりの会合で、夫婦仲がよいという評判のある男性作家が『僕のどの友達も女房と別れたがっているんだ。僕の友達で女房に満足してる奴は、オレの外には一人もありゃしないよ』と言った」と書いたらどうでしょう。その言葉には極めて真実の響きがあるでしょう。座にいる男がみんな、「実はウチのカミサンにも手を焼いてるんだ」と言い出すにきまっています。妻に満足している男は一人もない、という形勢がそこに生まれること、男性にはほとんど皆覚えのあることとです。

全く、菅谷さんの出席された女性の会合の席と同様のことが、男性の会合にも起こり得るのです。私の出た会合でも、実を申しますと、何度も起きました。私は菅谷さんに同感です。ですから、そんなバカバカしい結婚なんて、いますぐやめてしまえばいいんです。教育による改善の見込みは、ほとんどありません。但し、私、即ち伊藤整先生においては、結婚をやめる意志はありませんが、皆様はみんなやめたら如何ですか、と私は言いたくなります。

ところで思い出したことがあります。私を反共産主義的だという理由で攻撃した所の、中野重治君なる共産党の高名な作家があります。戦時中に、彼は思想的前線から少しばかり退却しました。他の共産党員には、もっと退却して国粋主義者に転向した人もありました。その時中野先生は、新聞紙に「五十歩は百歩とちがう」という短い謎めいたエッセイを書きました。五十歩にして百歩を笑う、というのは昔シナで、戦争が不利の時、五十歩退却したものが百歩退却したものを笑った、その時、第三者が五十歩退くのも百歩退くのも同じことではないか、と言って批判した時に起こったことです。

中野先生は、それに反対して、同じことではない、と異議の申し立てをしたのです。私は中野先生の思想に反対ですが、五十歩が百歩と違うという正確な認識方法については賛成でした。今も賛成です。結婚やケンカや革命などが、成功するのも破れるのも、五十歩と五十一歩との差から起こることだと思われるからです。不利の時、不満の時、五十歩退くことや、五十言の不平やグチを言うことが生理的に必要な場合があります。しかし必要もないのにもう一つ数をふやして五十一歩退いたり、五十一言不平を言ったりすると、事は破れるかも知れません。まして五十歩退くだけで間に合う時に、百歩退く必要はないと私は現在は考えます。革命以前の社会では、完全な人間もなく完全な生活もありません。退くのは必要限度の五十歩位にしておいた方が、戻る時には便利です。党や家庭などというものには、いつ戻りたくなるか分りませんからね。

第六章　愛とは何か

人と人は何によって結びついたり、離れたりするのでしょうか。人と人との結びつきの原因は性による誘い合いでしょうか？　それからまた、本人には心理上の責任なしに出来てしまう親と子という、既成事実による結びつきでしょうか？
もしこの二つだけが、人間の結びつく本当の原因だとすれば、友情とか博愛とか同志愛などというものは何でしょうか？

正直に申し上げますと、決定的なことは、私には判っていません。しかも現実に、人間と人間は結びついて、恋人たちとなり、夫婦となり、友達となり、同志となり、親分子分となり、同じ宗教の信者になります。私たちが、今日、そのようにして、いろいろな形で人と結びつくことによって、家庭と社会と職業団体とを作っているだけでなく、人間が社会を作って以来、数知れない私たちの先祖が、これらの結びつきを、他人との間に作り出し、それを続け、その形と内容とを次の代に引きついで来たのです。

しかも、私なる人間が、そういう結びつきによってこの世に生まれ、自分もまたそういう結びつきを作りながら、この結びつきの本当の意味が分らないのです。

このような言い方は、哲学上の議論や宗教の内容の話に似て来るかも知れませんが、事の起りは、そうではありません。私は文士ですから、自分でも考え、書き、読むところの作品のことをかなりよく知っているのですが、文芸作品というもの、即ち小説とか戯曲などの多くのものには、夫婦や、恋人や、親子や、友達や、主人と使用人の間の結びつきが、こわれる話がたくさん書かれています。

もちろん、これ等のお話には、人と人との結びつきの、出来あがる話、理想的な家庭や友情の出来る話も、しばしば書かれます。しかし、一つの真実な結びつきが出来るためには、他のいくつもの結びつきが、こわれて行く話がきっと書かれています。悪い夫から逃げ出す妻の話、冷酷な傭い主と戦う使用人の話、理解のない親にそむく話、愛をもって努力するのに恋人に棄てられる話、子供に棄てられる親の話などがあります。

これ等の話ができる原因として、性質の悪い人間、利慾に目のくらむ人間、冷酷な人間、ネタミ心の強い人間、人間愛を持たない人間、すなわち悪人と呼ばれるものがいて、それが人と人との幸福な結びつきを破るように考えられます。そういう人間が悪人であり、それ等の人に苦しめられる人間が善人です。これが多くの小説の中に描かれる人間の姿であり、一般の世の中にいる人間をそのような善悪の二種類に分けて考えるのが、今でも普通の生活者の考え方です。そして、かなりの範囲で、これは事実であると、私もまた、確実に考えます。

しかし、それと共に、私は人間の善さと悪さが、どんなに環境や収入のたかや、住居の条件や、職場の性質によって変るものであるかを考えます。そして、これ等の職場や家庭や学校などはみな人間と人間の結びつきのいろいろな形を本質として成り立っています。鉄や竹で作ったカーテンが一枚あると、その向う側の聖人は、こちら側では悪魔に見え、またこちら側での良き友は、向う側では悪鬼に見えます。商事会社の内部では、少い原料で利益を多く得る人間が有能な社員ですが、それを売りつけられる方から言うと、ほとんどそれは詐欺漢に近い人間です。待合やキャバレーでのよいお客は、家庭ではロクデモナイ息子か、悪しき夫か、ワイロを取る政治家にきまっています。

その人のいる場所の秩序の性格によって、同一の人間が、善とも悪とも言われることは、社会では極めてありがちのことです。一つの秩序の中では、その秩序をよりよく保ち、その秩序を助長し、豊かに確実にする人間がよい人間と言われるにきまっています。家庭の秩序が勤務先やオトクイ様の好みの秩序と一致するとは限らず、党や教会や神さまの要求する秩序が母親や夫や妻が家の中で確立しようとする秩序と食いちがうことは、しばしばあります。

人間が、これ等の結びつきを作る原因が、もし金銭や利益であれば、利益がなくなった時、人間は争い、憎み合い、ナグリ合いや奪い合いをして別れます。もし人間の安らかさとか社会善を目的としての結びつきができても、その行動が人を殺す結果を生み、人を焼き、人を戦争にかり立てておいて、言い出した人たちが安全な後方に残ろうとしているのが判ればやっぱり、人々は別れたがるでしょう。もし美しいドレスや流行の型のセビロを着て自動車を持っている人に結びつきたいと思ったのであれば、その自動車が売りとばされ、ドレスやセビロが古びて汚れた時、つまらなくなるでしょう。

さらにもし、美しい顔や、甘い声や、魅惑的なマナザシを持っている人と結びつきたいと思う人があったとしましょう。そしてこれが若い男女の場合に、もっとも多いケースなので、このことをゆっくり考えて見ましょう。美しい顔は皺にたたまれた顔になります。甘い声は、都合次第でトゲトゲしくなったり、カン高いキイキイ声になったり、絶望の悲鳴になったりします。魅惑的な目もまた同様で、いやらしい目や、ぞっとするような冷たい目に忽ち変化し得るものです。それ等が変化したとき、人と人との結びついている理由は失われる筈です。

イエスは、人と人は愛し合うことが神の心だと、言いました。イエスはまた、自分が他人にしてほしいと思うことを他人にもしてやれ、と言いました。人と人が結びつけないでいることの苦しさと怖ろしさが耐えがたかったからです。しかし孔子は、自分が他人にされたくないと思うようなことを、他人に対してするな、と言いました。ほとんどイエスと同じことですけれども、他人に憎まれることはできるだけやめた方がいいと、考えたのでしょう。ですから本当はイエスの信じたような、私たちに不確かな神の意志を信じない限り、人と人を結びつける本当のキズナは何もないのです。性、そうです、最後に、誰もが、今までのところでは、あからさまに言いたがらない、強い結びつきとして、性、セックスがあります。現実には、これが男と女とを結びつけている最大のキズナなのですけれども、性はそれ自体では不安定なもので、Aなる男はBなる女、

Cなる女、Dなる女等どの女とでも性において結びつき得るものであり、Bなる女は、Eなる男、Fなる男、Gなる男等、どの男とでも結びつき得るものなのです。それで人間は、真心からの約束と性のキズナとを一緒にした恋愛というものを考え出しました。いいえ、考え出したのではなく、性の現われとしての美しさや魅力や力が、真心からの約束と一緒になったところの混合物をのみ信じたいのです。これが、大体恋愛と一般に呼ばれているところのものです。

この恋愛という混合物は、男と女とを結びつけておくのには、大変便利なものです。ことに、おたがいに相手を美しいと思ったり、優しいと思ったり、魅惑的だと思っていられる間は、大変便利なものです。「便利だ」などという俗悪な言葉を、私が使うことをおゆるし下さい。なぜそんな悲しい言葉を使わねばならないかだんだんと説明します。また、この月の伊藤先生の書き方が、理窟っぽくて、チットモ面白クナイワ、などと言う方は、どうぞ、この辺で遠慮なく読むのをやめて下さい。私は、たいへんこわれやすい、危いことを、お話ししようと思っているので、皆さんを笑わせている余裕がないのです。このむずかしい話は、もう二、三カ月、ウォーミングアップしてから始めようかと思っていたのですが、中にはマジメナ読者もいて、いつまでたっても伊藤先生はフザケテばかりいて、愛または恋愛とは、何かという、女性にとって命よりも大切なことをお話しにならない、という苦情が出はじめました。

それで私は、自分でも完全に分らないで困る点がありますけれども、考えたところまで、こわしたり気取ったり、人マネしたりしないで、そっと、気をつけて書いて見ようと思った次第です。

もう一度申しますが、人間はたいてい、美しい人や、やさしい方や、チャーミングな異性を、他人に渡さず、自分だけで独り占めして、その人の美しい心や美しい身体を、すっかり自分だけのものにしよう、という執念にとりつかれた時、「オレは彼女を愛している」とか「アタシはアノ方を愛している」などと考えるのです。この時の愛はイエス氏の言ったような、「オノレにせられんと思うことを人になせ」という愛と同じものでしょうか。私にはどうしても同じものだとは思われません。

一般の男の女に対する愛と、女の男に対する愛とは「オノレのしたいことをあの人に受け入れさせる」ことや、「オノレのしてもらいたいことをあの人にさせる」というようなことではありませんか。イエス君の説く愛は、他人のエゴをも自分のエゴと同じように尊重してやろう、とする大変な努力、他人への働きかけです。しかし、一般の男性と女性との間の愛は、自分はあの人が好きだからあの人の心と身体を独占したい、という強烈なエゴの働きのようです。

二つはひどく違います。後の方、即ち恋愛なるものの方は、このように書きますと、極めて醜い、いやらしい形になることと思います。しかし、私はまだ、全部を申し上げたのではありません。一人の男の、相手を独占したいというエゴが、偶然その相手の女でも同じような形で、働いていて、その男を独占したい、と思っていた、と致しましょう。両方の強烈な独占慾が一致したという珍らしい場合、両方が、たがいに相手を独占することは、ほとんどイエスの愛以上の形をとるでしょう。

即ち、自分が相手の異性にしてもらいたい事は、相手の異性が自分にしてやりたいと思っている事であり、かつまた相手の方が自分にしてもらいたいと思っている事は、自分が相手にしてやりたいと思っている事である。ゆっくり、ここをもう一度読んで下さい。男と女が、その肉体と心とをもって、たがいに相手にしてもらいたいことが一致した、という時、この二人の関係は、イエス氏の言った愛とほとんど同じ形で成り立ちます。しかもそれは、イエス氏の考えた愛よりももっと完全です。なぜなれば、イエス氏が他人を愛するのは、他人を自分と同じに考え、他人もまた自分のようなものだから、その願いをできるだけ叶えてやる、という努力的な働きです。しかるに恋愛し合った男女は、その愛の働きが、努力的であるよりも、もっと自然な欲望充足の形となりますから、意志の働きはほとんど必要でなくなるのです。

この場合、「恋愛」は、宗教に勝ったような形となります。「恋愛の勝利」です。そこで、このようなものである男女の愛こそ、イエス氏の言った愛よりも、もっと確実に、片方の自己犠牲や奉仕や忍従というエゴに反したものなしに人間相互を結びつける本当のキズナである、と確信した人がいます。それが二十年あまり前に死んだイギリスの小説家、ディー・エチ・ローレンス君でした。彼はこのように考えて、自分のこの思想は、イエス君の思想よりも、もっとリアルで実践性の多いものである、と思い、イエスよりも自分は正しいと、断言しました。しかし、ローレンス君の考えも全く完全ではありません。人の性の働きは中断されることがあります。その時、性は精神のみの愛に転化して、男女の結びつきとなり得るか、という問題があります。また男性と男性の結びつきはいかにして可能になるかという問題があります。また性に基づく愛の最大な特色なる独占性は、いかにしてイエス氏の考えたような隣人に対する博愛を生み出せるか、という最も深刻な問題が残っています。

ツケタシの話ですが、私はこのローレンス君の信念を描いた小説を翻訳してサイバンとなった人間です。

私がサイバンとなったことは、私にとっては重大なことですが、それよりもローレンス君のこの考え方は人類にとって大変重大で、多くの問題を含んでいます。私の考えによりますと、人間の結びつきによる家庭、社会、国家、世界などというものは、極めて複雑でして、マルクス君とかフロイト君とかローレンス君のような天才的な人たちが十九世紀以来人と人との結びつきの本質について考えて来ましたが、まだ一つの理論で全部を一度に明らかにするところまで来ていないようです。それでも、この人々の力によって闇は次第に少くなりました。いいえ、違いました。明るくて、見とおしの利く場所が、少しずつ広くなりました。闇の方がまだまだ大きい、というのが実情でしょう。

さて、この問題を駈け足で、知ったかぶりして、ウノミに片附ける事は危険です。読む方でも、だんだん面倒になったと思いますが、もう少し我慢できませんか。なぜなら、あなたがマジメな人であれば、いつか一度は、この種の問題を根本から、よく考えて見よう、と思う日が、結婚するまでの間に、または離婚するまでの間に、でなければ死ぬまでの間に、きっとあるからです。

それで、もう一度、極めて初歩の所に戻ります。人は他人を愛し得るか、愛し得るとすれば、何によって愛し得るか、ということです。イエス型の方から考えて見ましょう。イエス氏は、人間にはエゴがあるから、他人のエゴをも認めてやって、出来るだけそれを満足させてやろうと、考えたのです。これがヨーロッパ系統、又はキリスト教系統の考えです。東洋人の考え方は、昔からこれと違うのでありました。それは先ほど書いた孔子の言葉もその一例ですが、自分の慾を去り、自分のエゴを消すように努力して、調和を作り出すことです。「己の欲せざる所を人に施すことなかれ」と孔子君は言います。「諸慾を絶ちて、西方浄土に浮ぶ」とか「心頭を滅却すれば火もまた涼し」というのが仏教の中にあって今日も伝えられている言葉です。仏教の中で一番イエス氏に近いと言われる親鸞さんにしても、人間のこの欲望エゴを消すことはできないが、それは悪であるにちがいない。悪をもったまま人間は救われねばならない。故に救われるのである、と考えました。

ですから、東洋では、人間の欲望、自己充足慾、エゴイズムなるものは、悪であって、出来るだけそれを消し、おさえて、そして他人にそれを及ぼさないことが、他人とこの世の中で工合よく生きて行く方法である、という風に考えます。妻は自分の着物を買おうとしたりしないで旦那様の酒をたっぷり買ってやる。娘は自分の身体を売って親をのんびり暮らさしてやる。兵隊は爆弾とともに敵の軍艦に飛び込んで国を救う。つまり、一つの秩序、家とか国家という団体の中の主たるものの為に、主でないもののエゴを殺すことが日本の社会通念でありました。お前らはみんな、自分の慾を殺せ、そうすれば家の中や、世の中がおだやかになる、と考えるのです。

戦争に負けてこの方、日本の夫は今までとちがって、離婚を覚悟しないでは、勝手に妻の感情を犠牲にして他の女性と自由恋愛や自由性交をすることができなくなりました。また日本の妻は、今までとちがって、離婚さえ覚悟すれば、勝手に他の男性と自由恋愛をしたり、自由性交をすることができるようになりました。この種のことを、基本的人権の確立と申しまして、憲法で保障されている個人の自由に属します。憲法がそのようになったから、われわれは自由で基本的人権を持っている、と若い男女は考えます。けれども、東洋全体にある何千年と続いたエゴ否定の考え方はまだまだ変っていません。現に私自身、人事関係で面倒なことが起こるたびに、自分や他人のエゴを消したり隠したりすれば、マルクオサマルと考えがちです。

このような私たちの考え方の癖は、イエス氏の考えとずいぶん違うものと言わねばなりません。まして、ローレンス君のそれに較べると、非常な違いが判って来ます。ローレンス君は、愛の問題についての思想家だと言われていますが、前にも説明したとおり、彼の一番根本の問題は、人は何によって他人と結びつき他人を愛し得るか、ということです。決して自己を消せばおだやかに家が納まる、というような考え方ではありません。人間は、自分のことばかり考え、自己のエゴだけを通そうという残酷なもので、一人一人が、他人や隣人や妻を敵とし、これを征服し、自分に従属させようとするエゴイストばかりである、という怖ろしい孤独感から、何とかして抜け出したい。どこかに他人を愛し、他人と結びつく本当の根拠を見つけ出したい、というのが、彼等の本当の問題です。

この、人間はそれぞれ、隣人や他人や同棲者を征服しようという欲望にとりつかれた怖ろしいエゴイストである、というのが、大体十九世紀の終り頃に世界の思想家たちが発見した人間の本質なのです。この怖ろしい人間の孤独性を解決するのが、イエス君的な考えやローレンス君的な考えだけで出来る、とも言い切れないのです。仏教的な考えの方が本当だ、と思うヨーロッパ人も次第に多くなって来ています。夏目漱石の晩年の作品は、この問題を深刻に描いています。夏目君もまた、それに苦しんだあげく、「則天去私」という思想を考え出しました。運命に従って自分の慾を棄てる、という考え方です。夏目君のような、ヨーロッパの思想と文学をよく学んだ人ですら、いよいよ人生の苦悩を解決しようとする時には、孔子さまと同じような自己否定による調和を考えたのですから、知識階級だとかアメリカ帰りだとか、マルキストだなどと言っても、私たちの心の中には深く、おそろしいほど深く、基本的人権を否定することによって家庭や国家の安泰を作り出そうとする衝動が生きているのです。

さて、ここまで述べて、イエス氏、孔子君、親鸞さん、ローレンス君、夏目君と並べて来て見ますと、人は他人や妻や夫を愛し得るものであるかどうか、という問題の基本形式は、伊藤整氏的な歪みがあるにしても、大分明らかになって来たと思います。このような、本当は難かしい、思想や宗教や人類学の問題を、私のように分りやすく書くほど大胆な文筆業者はメッタに居ないものです。たいていの学者や思想家は、十冊ぐらいの本を書かなければ、そして結局何が何だか分らないようにしてしまわなければ、こんな高遠深長なことは述べません。アイツは無学だ、とか、テンデ分ッテヤシナイヨ、と誰かが笑うにきまっているからです。私は笑われることを怖れない勇気と、本当に分ってもらわねば困る、という親切心をもって書きました。

大体において、私、即ち伊藤整氏がここに書いたことを土台にして、読者が自己の体験しつつある愛、または自己のアコガレツツある愛、または疑いつつある愛なるものについて、考えて頂いて間違いありません。私は学問の方は少し不足しているとしても、人は何に、どのようにして感動するものであるか、ということを日本人の生活に即して考えることでは、かなりよく考えました。色々ツライ目にも逢い、失敗も重ねました。その結果、少しの学問と、中くらいの体験と、多くの芸術作品の理解と試作、という三つの方面から、ここに書いたほどのことを、正直に考えました。私より学問や体験の多い人はいますけれども、多分私はそれを補うだけの正直さを持っているということでしょう。

それで、問題は、ここから出発した先の方にあります。日本の男性は日本の女性を愛し得るか、ということ。それから、日本の女性は日本の男性を愛し得るか、ということであります。愛し得るとすれば、それはいかなる形と意味においてか、ということです。気をつけて下さい。男女の愛は人生の幸福を解く鍵だと考えた北村透谷君は自殺をしたのです。北村君よりもっと学問があり、もっと人生体験の長かった夏目漱石君は、死ぬ前になって「即天去私」などという基本的人権の放棄宣言じみたことを言い出したのです。

四、五年前に基本的人権を保障する憲法が出来たから、今年大学を卒業すれば、すぐ完全な恋愛と、完全な結婚が出来る筈だ、という前提に立って、悪いのは悉く日本の男性である、などという断言はして頂きたくない、と私は念のため女性各位にお願い申します。

第七章　正義と愛情

もしも人間が正しいことを考え、正しいことを言い、正しいことのみを行動して、生きることができれば、それはもっとも幸福な状態に違いありません。理想国家の、理想家庭では、きっとそのようなことが可能となるでしょう。

しかし人間というものは、正しいことばかりして生きられるものではないようです。一番その簡単な例を申しましょうか。正しいことばかり考え、正しいことばかりを言うところの美しくない女性は、正しくないことを考え、正しくないことを言うところの美しい女性よりも「女性」として幸福に生きられる、とは誰も思わないでしょう。

よしんば「女性」の美しさが、どなたも同じ程度であったと致しましても、男性というものは、時として、正しくないことを言い、正しくない行為をする女性の方に、よけい心を引かれることがしばしばあります。私自身もその点で多少の体験を持っております。まことに困ったことです。そういう時、そのような男性である恋人や旦那様を、簡単に見はなして、女性が自分一人で、正しく生きることが容易であるならば、解決は割合に簡単になります。その恋人なり旦那なりが、そのような悪い女の方に出かけた後に家に鍵をかけてしまって、翌朝帰って来ても家へ入れない、ということも一つの方法です。または目ぼしいものをトランクに入れてその家とかアパートとかから即刻立ち去って、二度とその附近に現われないことも一つの方法であります。

ところが残念なことには、そういう悪い女性に心や身体を引かれている恋人や旦那様が、その種のものに心を引かれることのなかった時の恋人や旦那様よりも、女性の方から見てもっと貴重であるように思われ、離レガタナキ思いをする、という矛盾した現象が、しばしば女性の心に起きるのです。この現象を性的競争心またはシット心、または簡単にヤキモチと申します。

このような傾向がもし真実だとして読者にナットクされる可能性があり、ソウダワ、ソノ通リダワと思われるのであれば、私はその事をもって、人間性なるものの中に、正義と相反する性格が存在する証拠だと考え、人間のために心から悲しく思います。どうして、このような悲しいことが起こるのでしょうか？　なぜ、正しいことが同時に喜びとならないのでしょうか？

さらに私が、慾を出して人間のために希望するのは、将来の理想社会においては、女性にしろ男性にしろ、その人間の魅力なるものは平均したものとなってほしいということです。色の白さで他人にまさる人は、少し口が大きすぎてその魅力が中和されている方がよろしく、丈の低い人は極めて効力のある眼の力によってそれを補っているのが望ましく、鼻の低い人は髪の美しさにおいてまさっている。そのような、いろいろなとり合わせと変化はあっても、女性の魅力が、その美点の総和においては大体に平均していたならば、ヤキモチ喧嘩や浮気や失恋や離婚の数が、ずっと少くなり、男性も女性ももっとおだやかな、心騒ぐことのない生活が送れるようになるでしょう。読者諸女史の中には、アタシハ伊藤先生ノ希望ニ反対ダワ、理想社会デモ、鼻ガ低カッタリ、脚ガ太スギタリ、目ノ魅力ニ不足ガアッタリスルノデハ、ツマンナイワと考える方が多分、おありだろうと拝察いたします。つまり理想社会においては、あらゆる女性はカンペキなる美を所有するのでなければならぬ、と断乎として主張されるのです。無理もありません。

しかし、もし将来の理想社会で日本の女性が悉く吉祥天女のような理想型美人になり、ヨーロッパ諸国の女性が、悉くミロのヴィナスのような美人になったとしたら、どうでしょうか。完全になることは、区別や個性の喪失を意味します。その時、女性はどの人も全く同一の姿と同一の顔とを持つことになるでしょう。いろいろな間違いが起こるにちがいありません。好色なる男性や女性たちはそれを利用するでしょうが、マジメな男性や女性たちは、当惑して、生きていることの意味を見失い、鼻ぐらい低くても区別のある社会の方がよかったわ、と思って、悩むにきまっています。それゆえ、各人が多少の欠点という特色を持つ点は我慢して頂かねばなりません。

ウチの奥さんは口が極めて大きいけれども、そのマナザシは甚だ引力に富んでいる、とある旦那様は考えます。隣の奥さんは口が適当の大きさで好ましいけれども、脚が少し太すぎる。そのような場合は甲家の旦那様は、自分の奥さんのマナザシを尊重し、乙家の旦那は適当な大きさの我が妻の口を誇りとすることで、両家は平穏に隣づき合いが出来て、ヒガムことも少いでしょう。

あの娘はお尻が少し大きすぎるけれども、甚だチャーミングな耳を持っている、とある未婚の男性は考えます。あのお嬢さんは色が少し黒いけれども、フルイツキタイようないいスタイルである。そういう風であれば、チャーミングな耳を愛好する青年は甲嬢にプロポーズし、耳のような第二級の附属品よりも全体としてのスタイルのよさを選ぶ青年は、乙嬢との親交を続ける、ということになります。その結果もまたあまり争いが起こらないですむでしょう。

その二組が一緒に新婚旅行に出ても、オレの嫁よりも、あちらの嫁が立派に見える、というような劣等意識に婿さんたちが悩むこともないでしょう。総合的平均は必要ですね。しかるに、神はわれわれ人類の肉体的条件を総合的に見ても、ひどく差別のある不平等さにおいてお作りになりました。色の白い女性が、不都合にも、同時に眼も美しく鼻も適宜の大きさであったり、色の白さにおいて劣る女性が、同時に眼の形や鼻の形においても適切さを欠いている、というような残酷な事件が、しばしば起こるのであります。そして、姿形のみが人間の実質であるという映画や通俗雑誌によって教育された現代の青年は、しばしば、女性の皮膚の色や鼻や口の形が、人生の幸福を決定する最後的なものである、と考えるのです。

そればかりでなく、女性もまた、映画女優的要素が自分の顔に多い場合に、自分をすぐれた女性であり、幸福な女性であると考え、それどころか、自分は美しいから偉い女性だ、などというフラチな考えまで起こすのであります。

このような、外面的不平等をわれわれ人類に押しつけた造化の神は論難キューダンされなければなりません。神を論難キューダンしても、この不平等は、急に是正される見込みもありませんので、この不平等と戦い、これを訂正する戦術を人類は発明したのであります。その戦術の一つは化粧という技術であります。黒い皮膚は白粉で塗りつぶす。広すぎる額は髪を下げることで防禦する。短い脚や太い脚はスカートの長さによってこれを迷装する。大きすぎる顎は、インエイのつけ方や襟の色彩や髪形の作り方でゴマ化す。低い鼻はハイライトを尖端に置く。これ等の戦闘的技法を十分に研究し、練習し、子供に伝えることによって、人類はある程度まで神という悪戯ものの作り出した害悪と戦い、これを征服することができるようになりました。

しかもなお、その不公平を全く是正することは困難であります。神は完全な平等が人類社会に生まれることを希望してなかったようであります。このような肉体的不平等という現実から類推して考えれば、人類の物質的平等さもまた、神は決して希望していないのではないでしょうか。私は、私の愛する地上の女性たち全体の悩んでいるこの不平等意識のゆえに神を嫌い憎むものです。もし私が、神と女性とどちらが大切かと問われれば、私は少しのチューチョもなく、神を棄てて女性を取ります。

人類がもし、平等による真の正義をこの地上に実現し、食糧も、衣服も、容貌も、幸福さも均等のものとすることが出来る日が来れば、その日こそ、人類は神への復讐をなしとげた日であり、人類が神以上のものとなる日であります。それでは、いろいろな不平等のうち、食糧と容貌と、どちらが急を要するでしょうか。私の見聞によりますと、食うものを節約して白粉を買う女性や、痩せるために食事をへらす女性が実在しています。そういう事実から推定しますと、衣食の点においての平等な社会の実現は喜ばしいことではありますけれども、女性にとっては、多分衣食よりも、容貌の完全に平等な社会の実現の方が先に望ましいことのようであります。これが私の抱いている、女性のための第一の理想社会の姿であります。女性が美しくなること、それは男性の方から言っても、甚だ望ましい社会であることは確かであります。その時には、恋愛生活も家庭生活も大変安定したものとなるでしょう。その時起こるにちがいない二、三の白粉会社の倒産などは意に介する必要がありません。彼等はすでに今までに十分に不当利得をとりすぎているのです。これまで、白粉会社の重役どもが、神々や革命家たちにワイロを使って、姿カタチの平等社会の実現を後まわしにすることによって、女性の希望の実現をはばんでいるのに違いありません。その意味では神々と唯物論的革命家たちこそ女性の最大の敵であります。

しかし現実には、物質的な平等社会はもう間もなく地上に実現する見込みが多くなって来ました。どうもこれは順序が狂っていることのような気が致しますが、しかし社会科学の理想が実現されれば、人類はそれに勢いを得て、その次には医学の進歩も急速にはかどらせることとなりましょう。そして顔面、姿勢等の加工技術を完成し、人類はやがて姿カタチにおいての完全平等という理想社会を作り出すにいたることでしょう。この順序は女性一般の強烈な希望に反するものではありますが、順序などのことは、しばらく我慢することに致しましょう。

そこで、それまでの間の暫定的な生活方針について、私の思いついたことを申し上げることと致しましょう。

神が作った時、人間はあまり利口な生物ではありませんでした。蛇のごとき下等生物にだまされてリンゴを食べて失敗したり、着物としてはイチジクの葉ッパを使用する程度の智慧しか、人類は持っていませんでした。しかし、それから後、人類は火を作り、車を作り、家や舟を作り、蒸気機関を作り、ボーセキ機械を作り、大砲を作り、毒ガスを作り、飛行機を作り、ペニシリンを作り原子爆弾を作りました。神の手になった地球というこの天体をホロボスほどの力を作り出したこの人類という生物は、神と同じような存在になったわけです。われわれ人類が考えて出来ないことは、ほとんど無い、という自信を持っても大丈夫だと思います。

しかし既述のような不平等の現存している社会では、化粧品会社の技師たちの力も及ばない不平等をいかに回避し、ゴマカスか、ということに女性一般の智力が傾けられるのが当然でありまず。つまり、次のようなことは考えられるでしょう。私、すなわち伊藤整氏は男性でありますが、やっぱり、今よりもう少しましな容貌を持ち、もう少し背が高く、もう少し色が白く、もう少し縮れ方の少い髪を持つことを、ひそかに希望しています。しかし私の生きているうちにこの希望の実現される見込みは、ほとんどありません。その上、私は親孝行ですから、死んだオヤジに文句を言う気もなく、まして生きている母にそれを言い出して彼女の老いたる心に重荷を加えることを好みません。それに、私をこの姿カタチのままで夫として選んだ伊藤夫人に対しては、オレの姿カタチこそ真の男性の理想的形態であると思い込ませてあるのですから、この不平をウカツに口に出すことすら危険であることを私は知っています。

それでこの私の弱点を、私がどうしてオギナッテいるかというと、私は、それを人類が何百代も何千代もかかって作り出した所の智力や才能で補っています。姿カタチは平均以下だと致しましても、その人間が、平均以上に学問が出来、平均以上に口がうまく、平均以上に甘美な詩や小説を書き、平均以上に面白オカシイ文章を書いたと致しましょう。そうすると、私の人間的魅力は、その合計において、相当の高さに達し、その結果平均以上の美人を妻とし得たのである、と言うことができるでしょう。ですから、私が私の姿カタチを以って、伊藤夫人のような美人をカクトクし、時としてその点で、彼女をうらやむ女性が外に出現する、というような奇蹟の起こる可能性もあるわけです。これは自慢話やノロケ話ではありません。発想法においてはそうであったと致しましても、現実には仮定です。現実には、私の姿カタチは、もう少し上等で、私の才能や学問はもう少し低いものでありますが、仮定として、そういう人間が存在し得ると考えて見て頂きたいのです。

この仮定のような事情は女性においても十分に起こり得ることであります。この仮定から生まれる教訓は、女性もまた学問と才智、プラス・化粧術、プラス・コケットリイ等を習得レンマすることによって姿カタチの劣れる点をカヴァーし、あわよくば、自分よりも美しい女性たちをもしのいで、より立派な男性をカクトクすることができる。もしカクトクすることに失敗したとしましても、哲学などを研究しておきますと、結婚ナンカツマンナイワヨ、と言って、人妻となった同性を軽べつすることによって解脱《げだつ》する、という幸福を手に入れられるのです。

また才智の尊ぶべきことは、男性をカクトクしたり、同性を軽べつするのに役立つばかりではありません。一旦カクトクした男性を自由自在に操作し、猿まわしの猿か、鵜飼いの鵜のように勤め先から金を取って運ばせる家畜同様のものにこれを飼いならすことも出来ます。そのような悪ラツなことを、愛する旦那にさせる気のない善良で内気な奥様の場合でも、なお、馬鹿で学のない美女たちと戦って愛する旦那を奪われないようにするだけの術策を手に入れる必要はあるでしょう。その時、才智なるものがものを言います。学問することは無駄でありません。それは役に立つものであります。

現在の日本では、物質においても容貌においても平等社会は実現されていないのです。そのような社会で、全く正直に真実や正義のみ語り、真実や正義によってのみ行動することは、危険であります。もっともいくら危険でも真実と正義に即した行動をしなければならない場合がありまず。しかしそれは、主として、真実と正義によって平等が近く来たされる見込みのある物質的条件に関してのことであります。不当に裁判されたとか、不当に酷使されているとか、不当にナグラれたというような場合は、なるべく徒党を組んで戦う方が有利です。向うも徒党を組んでいる時にはなおさらです。

しかし、しばらくは改善の見込みのない容貌や姿勢に依存することの多い愛の問題で他人と争う時は、私は正義や真実のみによって勝てるとは考えません。最初に申しましたとおり、私はそのことをふかく悲しみます。正義と真実が常に勝つような社会であってほしいのです。しかし、私の鼻はこのとおり低いのよ、と言って白粉のハイライトなしの鼻を恋人の前につきつけたり、私の脚は割合に太くってよ、と言ってスカートをまくって見せたりすることが、本人の幸福を、そうしない場合よりも、より大きくするものだ、だから正直と真実とは常に大切なことだ、と言う勇気を現在のところ持てないのを、私は心から悲しく思います。整形医学が十分に発達するまでは、正義がこの世に完全に行われる見込みがない、というのが目下の人類の実状なのであります。

それで私は、まことに不本意ながら「男女の愛」においては、術策が相当役に立つものであることを、ここに申し上げねばならないのです。現段階に於て援用し得る愛の術策を分けて、外形的術策と心理的術策の二つといたします。外形的術策は、これをさらに分けて化粧学と衣裳学とにすることが出来ます。この二つの学問については、私にはほとんどコレという学識を持っていません。読者諸女史が、それぞれ、相当の学識経験をこの二つの分野において積まれていることは明らかでありますから、私はここでそれ等の点について下手なことを申し上げることによって嘲笑を招くという危険を回避いたします。しかし心理的術策においては、私は職業がら多少の学ぶところがあります。

男性を自分の手もとに引きつけ、自分へ執着させ、自分を愛させる方法。このような科目が、もし学校で教えられることがあれば、それはどんなに女性に喜ばれることでしょう。この理想的な教育も、男女共学というこの頃の教育制度の改悪によって、大体不可能となりました。まことに悲しむべきことであります。

一般に女性は、自己のものと考えている男性が他の女性に接近したり、他の女性を愛したりする時に、腹を立て、額にタテジワをよせ、リュウビをさか立て、色青ざめて、ヒキツケルような容貌になります。最近の徴候としては、競争相手の女性の所へおしかけて、髪をつかんで引きまわしたり、マサカリでその頭を割ったり、またその裏切りものなる男性の首をヒモで絞めて殺したり、その上その肉体を分割して自転車で川に棄てたりするようでありますが、それは術策としては最下位のものに属します。

男性が他の女性に対して疑わしい行為をしていると推定される時には、第一に自分の顔をシカメたり、眉根を接近させたりしてはなりません。理論的な話し合いで、絶えず男性の考え方をケンセイしておくことが第一です。またその上、できるだけ自分を美しく粧い、美と論理の二つによって男性の心をつかんでいることが必要です。これを正攻法と申します。しかし、美しくしていても、理論的に話していても、なお男性の心が離れる場合があるものです。その時は第二策として、好ましくはありませんが、次のようなことを試みます。夫の見える所で、他の男性に多少の好意を持っているかのような表情や行動をすること、これが割合に利き目のある方法でありま す。簡単に申しますと、ウワキをする能力は私にもあるのよ、ということをそれとなく男性に理解させること、これが男女同権という憲法の大原則に忠実なる文化的女性のとるべき次善の方策であります。その場合、奥様が芸術的技能を持っていて、男性にもてはやされる立場にあることは、最も効果的でありましょう。

しかしここで注意しなければならないことは、そのウワキの行動が完成したと旦那や恋人に思い込ませてはならないことであります。その点で自ら行きすぎたり、行き過ぎてしまったと夫や恋人に思い込ませたりすることを、厳重にさけるべきであって、これは大変危険な術策なのです。

しかし、いくら危険であっても、意志と研究によって、これを適宜な形で運用して見ることが必要なことがあるでしょう。これが危険であると致しましても、敵なる女性の頭を割ったり、自分の恋人の首を締めたりするのに較べれば、危険の程度は、少いものでありましょう。この二つの段階によって男性の逸脱を防止するように最善をつくすことを、私は希望いたします。さらに、万一この術策も効果がなく、愛人や旦那様が、他の女性の手に渡る場合も、まことに悲しいことですが、しばしばこの世にはあります。その時どうすべきか。私は、その時は、夫を閉め出してしまうなり、自分がオンデてしまうことを、よき策であるとしてすすめます。

でも、それでは生活が出来ないわ、とお考えになる女性があるかも知れません。その時は私は、やっぱり社会革命をしなければならない、と思います。女性が一人でも生活できるようになる社会革命が一日も早く成就するために実践運動に入ることがよいと思います。しかし革命が急速に実現しない場合は、やむを得ませんから、憎むべき男性に対して、上記のうちの最も残酷な方法を実行して見ては如何でしょうか？

でもそんなこといやだわ、伊藤先生はひどいことをお書きになる。断然反対だわ、とここで本当にリュウビを逆立てる女性が大多数であることを、私は期待し、かつ希望いたします。しかし姦通をした男性と同棲することは、ずいぶん苦しい、いやなことです。姦通をした男性はゆるさるべきではありません。ではどうすればいいのでしょう。男性の姦通は、悪いことですが、男性の品行が大分よくなったとはいえ、現代の社会では、なおこれはありがちなことです。

でもその時、一人二人の女性は、こっそりと、私、やっぱりあの人と一緒に暮したいと思います、と言うかも知れません。そういう特志な人にのみ申しますが、男性の浮気なるものは、全部でないとしても、その一部分は現代の社会の欠カンに基づくものである。売笑窟や酒場やストリップ・ショウやゲイシャ屋と待合やそれ等を利用する商業行為なる社用的宴会のせいである、として、この一回だけは、我慢してゆるしてあげることを、私はまことに心に反したことでありますが、おすすめせざるを得ません。しかしもし男性が、この社会的ケッカンを利用してまたそのアヤマチを重ねるようであれば、その時は上記の諸術策のうちのもっとも過激なるものを私は使うつもりである、と言って、男性に厳重な戒告を与えることが、必要でもあり、有効でもあると存じます。まことに残念なことですが、目下のところこれ以上の良策はないというのが実状です。

特に、これ等の術策を用いるに当っては、言行一致の美徳を棄てることが大切であります。まず、初めには夜オソクナレバ閉メダシマスヨと言って、一、二回は我慢して、本当は閉め出さないこと。次にワタシダッテ浮気スルワヨ、と口で言っていて、しないこと。コロシテヤルカラと言っていて、殺さないこと。親子心中シテシマウカラと言っていて、親子心中しないこと。のみならず口でそう言いながら、同時にニコヤカにし、美しく化粧をし、なるべく濃厚に甘ったれること。それでたいていの男性は骨抜きにされ、多分第二段階あたりで降服してしまうことが、ほぼ確実であります。結論を言えば、ウソイツワリとコケットリイによって愛と真心を包んでいることであります。もっとも、そんな妥協的にして同時に隷属的な虚偽の生活はいやよと仰言る方は、どうぞ別個の決断力ある道をおとり下さるように願い上げます。

第八章　苦悩について

あなたは、後悔することがありませんか？　後悔というのは次のような症状の現われる病気であります。

——あのとき、あんなこと、言わなければよかった。

——私、そんなもの頂くわけがありません、などと言わないで花束をもらうとよかった。

——もう少し、私の顔があの方に見えるように、右の方へ動くべきだったわ。

——なぜ、私は、私も本当はそうなの、と言わなかったろう。

今日あったこと、昨日のこと、三年前のこと、十年前のことを思い出し、言ったこと、言わなかったこと、したこと、しなかったことを考えて、心をかきむしられるような気持となることを、後悔と言います。

時が過ぎて行って、同じ機会は二度ともどって来ません。言おうと思った言葉は、別な時に言っては意味もなく、また味もなく、目あてを失った矢のように、草の間に落ちて誰からも忘れられます。

それで、あなたは、その時言えばよかったことを、自分の心の中で、または口に出して言って見ることがありませんか。

——マア、ステキナ花、アタシ、ウレシイワ。

——アナタハ、イイ人ダワ。アタシ、アナタガ好キダワ。

それからまた、ヒゾクな例として、

――アタシ、アノ時、アノクリマンジュウヲ食ベルトヨカッタンダワ、などと考えて苦しむのも後悔の一形式であります。

包みかくしていても、このようなことは、あなたに起こるにちがいありません。女性もまた、人間であるからには、毎日、毎月、毎年、何かのことで後悔し、クヤシがり、心をいためているにちがいありません。しかるに、街上や電車の中や喫茶店やオフィスで見かける若い女性たちで、そんな苦しみを、あらわに顔に出している人を見かけることがほとんどないのに、私は驚いています。それは、そういう心を恥じて、無理に心の中に、押し込めて苦しんでいるからにちがいありません。

告白いたしますが、私の毎日は、後悔と苦悩の連続のようなものであります。私が人の間にあって何かを言います。それはきっと誰かを傷つけています。たとえば、私は、ふと、「足が短いとカッコウが悪いね」と言います。すると、誰か、自分は足が短いから私はカッコウが悪いのだと、いつも思っている人がそこにいます。私は、座にいる人の中で、痛いような表情をする人があると、すぐその種の失策に気がついて、本当に心をいためます。

私はまた、電車の中で、ふと一人の女の人を見つけます。知らない人です。別に美しい人でなくても、私の注意を、ハッと引きつける人があります。何故だろう、と私は考えます。しかし、すぐにはそれが何故だか分りません。私は自分で思っているよりも頭のハタラキがにぶいらしいのです。だが、突然私は思い出します。その人と似ていた人を昔私が知っていたことを。そして、私に対して、彼女がある程度の好意を確実に見せたことがあったのに、私はその頃すでに、今の私の奥さんと恋愛していたので、どうすることもできなかった。しかし、私の心は痛み、私は苦しんだ。私は……。つまり要するに、あの当時から私には浮気の傾向があった。そう思って、私は、深刻な顔をして、電車のツリ革にぶら下りながら、彼女の傷ついた心と、自分の浮気心の早期のチョーコウとの両方について、悩み、苦しみ、後悔します。

そして、私は、あたりに人がいない時は、思わず、次のようなツブヤキを発します。

「シマッタ、シマッタ、シマッタ、シマッタ」

または、

「仕方ガナイ、仕方ガナイ、仕方ガナイ、仕方ガ……」

それからまた、自分をひどい奴だと思った時はこんなことも言います。

「チクショーメ、チクショーメ、チクショーメ」

ある時、私は、そばに友達が一人いた時に、ある強烈な後悔の念におそわれて、その「チクショーメ」の三回連続型のヒトリゴトを口に出して言いました。

その途中で、私は、そばに友人がいたことに気がつきました。友達はヘンな顔で私の方を見ていました。私は、シマッタと思いましたけれども、今更アワテても仕方がないと思いました。昔宮本武蔵は「我事ニオイテ後悔セズ」と言ったではないか。近くは川端康成先生も「後悔せず」と言っているではないか。そう思って、私は、静かに、

「どうも、この頃、ヒトリゴトを言う癖ができて、ときどき、ヒトリゴトで自己批判をやるんでね」と言いました。

そして、私は考えました。オレのベンカイも半分位は通ったかも知れない。しかし、彼は、伊藤のやつはオレのことを、チクショーメと言ってしまってから、テレカクシにあんなことを言ったのだろう、とこれから末長く考えるかも知れない。

そう思って、私は後悔から起こった自己のヒトリゴトを後悔し、それ以後、その時のことを思い出す度に改めて後悔して、

「シマッタ、シマッタ、シマッタ」などとヒトリゴトを言う、という状態になるのです。

ですから、私の実験によりますと、後悔は、それ自体が時の経過に従って増加するばかりでなく、その各一個が幾何級数で増殖する可能性を持っているものです。

さて、ここまで書きますと、あなたのお心はずいぶん楽におなりになったことと拝察いたします。多分あなた様は、心の中で次のように考えているでしょう。

「イトウ先生ノヨウナ偉イ方デモ、ソンナニ後悔スルコトガ、オアリナラ、アタシガ、二年前ノ

アノ時、愛ノ告白ヲシナカッタコトヲ今ニナッテ悲シンダリ、昨日アノ栗マンジュウニ手ヲ出サナカッタノヲ口惜シガッタリスルノハ、コレハ当リ前ナンダワ」と。

そうです。当り前です。もっと、あなた様のお気持を楽にして上げることが私には出来ます。それは、次の真理をここで申し上げることができるからです。

すなわち、よい楽器ほど鳴りやすいものである。人間性豊かな人ほど、喜んだり、悲しんだり、ネタんだり、後悔したりする度合が強烈なものである、と。

如何ですか。一段と楽におなりになったでしょう。念のために申し上げますが、上記のような私におけるヒトリゴトや後悔の念の強烈さは、何も私が、天才だとか、気チガイだとかいうことではありません。もっとも、ある若い批評家が、私のことを、ブンレツ症だと判断いたしました。ブンレツ症、分裂症と書きます。精神分裂症と言って、気チガイの一種のことです。

しかし、今のような時代には、分裂症になる方が健全である、と私は確信いたします。ですから、若しあなたが友達や医者にそう言われたからとて、ちっとも気になさる必要はありません。

人類の秩序それ自体が分裂しているのです。ロシア的民主主義とアメリカ的民主主義とは全く、別個のものとして対立しています。片方の側での英雄は、一方の国に於ては戦争チョーハツ者であり、一方の側での善人は、他方では売国奴でスパイで牢に放り込まれたり、死刑になったりします。そして、両方ともが、自分の方の善を絶対の善で、相手方の善を絶対の悪だ、と言っています。

もし人間が、その両方に耳を傾けるだけの良心を持っていれば、彼の良心は分裂いたします。分裂しない人の方がデクノボウでありまして、分裂することが健全なのです。戦車と飛行機と大砲をもった多数の人間を富士山麓で演習させておいて、アレハ軍隊デハナイ、と言うような人間が、当代の健全な精神の所有者として日本の政治を担当しているのであれば、当代では正常な人間はコトゴトク分裂症患者となる外ないではありませんか。

つまり、現代にあっては、分裂症的になり、後悔し、苦悩し、ヒトリゴトを言い、そのヒトリゴトを聞きとがめられて、また後悔し、苦悩する人間の方が、正常なのであります。食いたい栗マンジュウを、何のチューチョもなく食ってしまって、ナニ食ワヌ顔をし、少しも心の痛みを感ぜず、ただその心配と言えば、アタシ痩セヨウト思ッテ節食シテルノニ、ツイ栗マンジュウヲ食ベテシマッタワ。栗マンジュウミタイニ太ルンジャナイカシラ、などということしか考えない人はデクノボウです。これに反して、オテイサイを作っているうちに、栗マンジュウを食べる機会を失って、アトで口惜しがり、食べた人をシットして、アノ人ッタラ元来食イシンボウナノヨ、などとカゲ口やヒトリゴトを言う人の方が、より人間的な方であることは確実であります。

食べそこなった栗マンジュウ、実現しなかった恋愛等について後悔し、またシットすることが以上の証明によって、ノーマルな、人間的なこととお考え願って、心を安らかに生きるようにと、私は読者諸女史にお願い申し上げます。

それでは、なぜ宮本武蔵や川端康成は、ことさら「我後悔せず」と宣言したのでありましょうか。私の判断では、このお二人の場合は、それぞれ理由があります。川端先生の場合は、私が先ほど申し上げた、よく鳴る楽器の方の例に近いと推定申し上げるほかありません。感じやすく、傷つきやすく、心を痛め、後悔して、ヒトリゴトなどでは解決つかなくなりますと、その人は、生きることをやめるか、後悔をやめるほかに、仕方がなくなります。川端さんは、多分後悔の方をやめたのでしょう。意地悪く申し上げますと、後悔を全部やめてしまわねば生きられないほど豊かな人間性を持った人の断念の言葉、としてこれを味わうべきものであります。

剣術の達人である宮本君の方も、相当に敏感な人であったことは確かであります。敏感さを、過去の行為についての自己判断として行使いたしますと、それは後悔となります。また現在の、自己の愛人の行為についての推定に応用いたしますと、これはシットまたはヤキモチという名称によって一般に呼ばれているところのものとなります。これをもし、そのような形において、自己及び他人を傷つけるように無駄使いせずに、剣術、歌、音楽、舞踊、小説の類に集中して有効に行使いたしますと、そこにかの宮本君のような剣術の達人又は川端君のような小説の名人が突然出現することとなるのであります。

もっとも、この敏感さを、どのような形で行使するかは、各人の自由にまかせられております。

もしどの人も剣術や小説の名人となりましたら、この世の中は、危険で、うかつに歩きまわれないこととなるでありましょう。いつ斬り殺されるか分りませんし、いつモデルに使われるか分らないのです。それに、やっぱり、女性というものは、多少ヤキモチを焼いて美しい眉の形に変化を与えたり、栗マンジュウを他人が素早く食べてしまったなどと言ってカゲ口を利いたりするところに、魅力があるのでありまして、もし女性方が、すっかり悟ってしまって、どの日もどの日もその顔面に何の変化も起こらず、いつも平静な、オダヤカな、観音さまのような同一の表情をしていては、世の中も家庭も、変化にトボしくなって、つまらなくなり、男性は世をハカなんで家出するようなことになるかも知れません。

やっぱり、時には、その顔面がムショウにニコニコして、眉のあたりが間伸びし、ウチの奥さんは、よっぽどオレが気に入っているらしいな、と旦那様が考えるようなのは、麗わしい光景であります。また旦那様や恋人が、よその女性にナレナレしい言葉をかけた後などにおきましては、その眉のあたりが八の字のように垂れ下って、への字の目の両端に涙が一滴ずつたまっている、というのや、また時には八の字をヒックリ返したように眉が変化し、両眼の目尻もそれにつれて上方に引きつけられたりします。旦那様は、その時また、やっぱり彼女はオレをズイブン強烈に愛しているんだな、と考えることでしょう。

そういたしますと、男性は一種のウヌボレを感じまして、そこに生きている甲斐を発見し、彼女に対する興味、いや失礼いたしました、愛情を新たにする、というような結果が起こるのでありましす。また栗マンジュウを食べそこねた女性が三人ほど集まって、手バヤクも食べてしまった同性の悪口を言っているのを見聞するような機会がありますと、男性は次のように考えるでしょう。ふだん彼女等が、あまりシトヤカにしているものだから、彼女等が栗マンジュウを食べたがっているという事実はない、とオレは考えていた。これは間違いであった。これから後は、機会あるごとに彼女等に、栗マンジュウやミツマメやクリームソーダや十二ヵ月のオシルコなどをオゴッてやろう、と。その結果、男性は女性に近づく機会を得て、その恋愛感情を表白するチャンスがふえますし、女性の方においてもまた、栗マンジュウやミツマメや十二ヵ月のシルコを、タダでタラフク食べる機会を得、かつまたケチンボな男と、そうでない男、金使いの荒すぎる男と、シマリのいい男の区別をすることが出来て、男性選択のチャンスが増加することでありましょう。

感情がある程度浪費的に表現されることは、この世の中を美しくし、楽しくし、豊かにいたします。しかし、その豊かさが、ある程度を越すと、本人が苦しみ、その愛人または旦那さまが苦しみ、子供が悲しむことになります。そして、おしまいには、私ハ私ノコノ豊カナ感情カラ、何トカシテ抜ケ出シテ、楽ニナリタイワなどと、悩むことになります。

この時どうしたらいいでしょうか。ドストエフスキイというロシアの作家は、子供をなくした婦人が悲しんでいるのに逢ったゾシマという坊さんに言わせています。悲しい時はどこまでも悲しむがいい。苦しむがいい。そうするし、やがて、少し楽になる、と。

また、私が、この文章の初めに、自分の悔い多き悩みを、少し行儀が悪いぐらい沢山書いたのをお読みになった読者諸女史のうちのある方は、そこで、何となくほっとし、気持が楽になったことをここでもう一度思い出して頂きたいのです。

なぜ他人の苦しみや悩みを聞いた時に楽になるのでしょう。それは、こんなに毎日後悔したり憎んだり愛したり独占しようとして悩んだりするのは、私のみではない。私が馬鹿であれば、伊藤先生もまた馬鹿であり、ヤキモチヤキで、要するに哀れなる小人物にすぎない。あんな偉そうな先生でもそうだとすれば、私が少しくらい、人のカゲ口をきいたり、ヤキモチを焼いたりするのは、当り前だ、私はヒトリゴトなんか便所で言ったりしないから、むしろ伊藤整先生よりも優秀なぐらいだわ、と考えることができるからであります。

ですから、この場合、私の方は、自分の恥をさらして、見も知らぬ本誌の読者に優越感を与えることによって、彼女、いや、あなた様をお救いしたことになります。多少の原稿料はチョーダイしておりますが、これは相当な心臓と慈善心と大胆さがなければ、できないことであります。

ここで、かの親鸞君が、諸慾の多い悪人の方が善人よりも救われねばならない、とか、悪人の方が先に救われるものである、とか言ったことを思い出して下さっても結構です。

諸慾が多く、感情過多に悩む人、つまり悪人、それは、私の場合におけるように、そのこと自体によって他人に救いを与えることができることにもなります。また一人の人間の内部においても、その人の悪い性質とされるところのものが、ある処置を受けると、思いやりともなり、名人芸ともなり、芸術作品ともなり、また原稿料にもなるものであります。

抑制しがたい愛慾は、女性よりも男性の方に多い、と先頃私は書きましたが、ある読者から反対の暗示がありました。女性もまた抑制しがたい多面的な欲求に悩むことでは男性と同様なものである。伊藤先生は女性を知らないものである、と。多分この読者は真実を述べたのでありましょう。つまり、それは、男性がビールを飲みたいと思っている時、女性もまたビール乃至は栗マンジュウを欲しているものである、ということでありまして、まことにモットモなことです。私が知らなかったわけではありません。大体そうだろうとは推定しておりましたが、その現われ方が違う、と考えていたのであります。

さて、ここに、色々な現われ方をするところの、われわれ人間の内部にある諸感情の処置について、一体これをどう扱えばいいかを申し上げる、という最も困難な問題に、私は直面いたしました。その一つは、私がこの文章で、身をもって行ったことを時々読む、という方法であります。すなわち、伊藤先生ッテ、随分気ノ小サイ方ナノネとか、伊藤サンハ分裂症ダソウヨとか、伊藤整ハ被害モウソウデアルとか、彼ハケチナ哀レナ男ニ過ギナインダワ、などと言って見ると、それでその日は楽になるでしょう。

しかし心配性の方があって、ひょっとしたら、伊藤先生と私が同じだとすれば、私と伊藤先生の二人が分裂症で、二人とも同じケチな哀れな心を持っているので、外の人は皆違うのではないか、などと心配される方があるかも知れません。そのような方は、次のように考えて見て下さい。

ひょっとしたら、天野貞祐先生や谷川徹三先生や野上弥生子先生のような上品な方でも、伊藤整先生みたいに便所でヒトリゴトをおっしゃるのではないかしら。そしてまたさらに、清水幾太郎先生や中野好夫先生のようなゴーキな方だって、モシカシタラ、やっぱり伊藤整先生と同じように、毎日後悔なさって、ひそかに、シマッタとか、チクショーメなんてひとりごとをおっしゃるのではないかしら、と。

私は保証いたしますが、これらの高名なる諸先生におかれても、便所ではおっしゃらないかも知れないし、電車の中でツリ革にぶら下りながら、口に出しておっしゃることはないかも知れませんが、心の中では、毎日か隔日には、シマッタとか、マズカッタとか、あの酒をもう一杯飲みたかった、とか、あの栗マンジュウを食べないでおけば、お腹をこわさなかったのになあ、などと考えて、口惜しがったり、苦悩されたりしていることは確実であります。

そのようなことが人間として生きていることの実質なのでありまして、もし私が分裂症であれば、天野貞祐、谷川徹三、野上弥生子、中野好夫、清水幾太郎等の諸先生もまた分裂症なのであります。そういたしますと、このような苦しみや悩みは、人類に共通なものでありますから、決して卑下する必要がない。私が哀れなる存在であれば、天野貞祐先生もまた哀れなる存在である。そういう風に考えて頂きます。そうすると、あなた方は随分楽におなりになれます。私もここで随分楽になりました。全くこれでホッといたしました。

ですから、次の段階としまして、ある欲求を心に抱いて悩む時に、次のように考えることが可能になります。すなわち、私ハ私ノミノ栗マンジュウデ悩ンデルノデハナイワ。私ハ人類ノ悩ミヲ代表シテ悩ンデイルノダワ。人類ハ今、私ニオイテ、ソノ悩ミヲ悩ミツツアルトコロデアルと。

これではイエス・キリストみたいになって、少し大ぎょうに過ぎる、と内気でケンソンな読者諸女史は思われるかも知れません。その時は、次のように考えて頂きます。私ハ、私ダケノ嫉妬ヲ悩ンデイルノデハナイ。全女性ノ嫉妬ヲ私ハ代表シテ悩ンデイルノデアル。ウチノ人ハ、私ヲ嫌ッテ浮気スルワケデハナイ。彼ハ男性一般ノ苦悩ノ犠牲者ニスギナイ。ソシテ女性ハ今、私ノ中ニオイテ、ソノ本質的ナル悩ミヲ悩ミツツアルノデアルと。

あなたが悩むのではありません。女性があなたの中で、あなたの姿を借りて、その本質を悩んでいるのであります。悪しき戦争によって男性が減少した今、それは人類の悩みの、少くとも二分の一以上を代表した神聖な悩みなのであります。

これを、一つ週に一回、心理的レクリエーションだと思ってやって見て下さいませんか。それによって楽になったとしましても、別に私に礼状を出して下さらなくてもいいです。あなたは人類のために悩んでいるのですから。

第九章　情緒について

私たちが、生きていて、特定の人を愛したり、特定の人を憎んだり、投書したり、家庭を作ったり、こわしたり、道徳というものを守ったり、破ったり、映画を見たり、音楽を聞いたり、戦争をしたり、戦争に反対したり、『婦人公論』を買って伊藤整氏の「女性に関する十二章」を読んで笑ったりするのは、いったい何のためでしょうか？

そういう疑問にとりつかれたことはないでしょうか？　これまでにここに挙げた各種の疑問のうちの、どれか一つを感じた人があるとすれば、その方は、その考えた瞬間において、真の人間でありました。

たとえば、こんな顎の張った、ヒゲムシャの、不精もので、時々オナラをしたり、鼻毛を抜いたり、私をニラミつけたり、ドナったりする男と、私は何故一緒に暮らしているのだろう？　私はこんな不愛想で行儀の悪い男を好きなのかしら？　そうだわ、やっぱり好きなんだわ。だけど、ヒゲムシャで、所かまわずオナラをするこの人を、こんなに上品で美しくやさしい私が好きだっていうのは、どういうことだろう？　それでは、この人がヒゲムシャでなくって、オナラをしなかったら、私はこの人を嫌いになるのかしら？

などということを考えることが、人間の生きている意味を考えようとする真剣なる思考のはじめであります。ある日、チャブ台の向う側にいて、新聞を読んでいる旦那さまの、大きな鼻穴から飛び出している二、三本の鼻毛を、マジマジと見て、この人、いま、きっと鼻毛を抜くわ、と思っているうちに旦那様の手がひとりでに動いて、ピクッと鼻毛を抜きます。そして旦那様がいつまでも自分で抜かない時には、奥様の方が我慢できなくなって、あなた、ちょっと、と言って鼻毛をピクッと抜いてあげずにいられなくなります。旦那様の方は、新聞に出ている清水崑先生描くところの吉田首相の漫画を見ているうちに、鼻毛を抜かれています。抜いた方の奥様は、満足しながら、私は一体、いかなる衝動によって、何の目的でウチの旦那様の鼻毛を抜いたんだろうと、指の先についている鼻毛を眺めて考え込みます。

この種の体験をまだお持ちでない方々があるとしても、多分、二、三年か、四、五年の後には、旦那様の鼻毛を抜かずにいられなくなるでありましょう。よし抜かないにしても、あの鼻毛を抜いてやったら、私きっとサッパリするわ、と思ってジリジリすることになりましょう。それなのにその奥様は、よその男が食卓で鼻毛を抜いたり、伊藤整氏の文章の中に鼻毛を抜く奥様の話が書かれてあったりすると、マア、何テ汚ナラシイ人デショ、アノ人、食卓ノ端ニ抜イタ鼻毛ヲ植エタワヨ、とか、伊藤サンノ文章ハ『婦人公論』ニ似合ワナイワ、『婦人公論』ト言ウ上品ナ雑誌ノ読者ニハ旦那様ノ鼻毛ヲ抜ク奥様ナンテ一人モ居ナイコトヨ、とか、私ハ将来旦那様ヲ持ッテモ、ソンナ汚ナラシイコト絶対ニシナイワヨ、などと考えて、美しい眉をひそめるにちがいありません。

しかし、その奥様又は未来の奥様が、本当に頭のいい女性であれば、ここで、次のように考える筈であります。何故旦那様の鼻毛ハ汚ナラシクナイヨウニ感ゼラレ、ヨソノ男性ノ鼻毛ハ汚ナラシク思ワレルノカ、鼻毛という同一の物体に対するこの認識上の巨大なる差別は、いかなる原因によって生じたのであろうか？

そして、その時、学のある女性であれば、彼女はイワン・ペトロヴィッチ・パヴロフとか、その弟子にして祖述者なる木々高太郎博士などの名前を思い出すでありましょう。喜ビ又ハ愛情ニ伴ナッテ反復サレタアル行為ハ、ソノ行為自体ガ後ニ喜ビヤ愛情ヲ作ルモノトナルという学説が、この特定の人物の鼻毛を抜くという行為をよく説明することに彼女は気がつくでありましょう。

鼻毛だから汚ならしいと思うのも無理はありませんが、ある音楽を特に愛好して、そのレコードを繰り返して聞きたい女性は、多くは、その音楽に伴なって起こるある特定の男性との過去の思い出にふけっているものであります。ラジオの放送などが、いかに下らない、いい加減なものであるかを、自分の放送の内容から類推して、よく理解している所の伊藤整氏が、夕方のある時間になると、深刻な顔をして、早目に書斎に引きこもり、書棚の一隅にある小型ラジオのダイヤルを最低音の所に合わせて「なつかしのメロディー」という大正末期や昭和初年の流行歌であった「酒は涙かタメ息か」とか「悲しき恋よ花うばら」などという歌曲の放送にウットリとして聞き入っているというのも、氏の心理内における条件反射の内容については詳述を遠慮いたしますが、要するに、パヴロフ、木々高太郎系の学説が真理であることを立証する一つの実例に外ならないのであります。

その日、伊藤整氏は、ずいぶん期限の切迫した急ぎの原稿があるに拘らず、その原稿を書くことを延期するでしょう。そして、放送が終ってからも、しばらくの間は、伊藤整氏はウットリしていて、やかましい評論などを書く気にならないでいるでしょう。それは氏のみでなく、その晩、その時間に、その放送を聞いているところの、四十歳から六十歳の間の年齢に達した大学教授とか、通産省の局長とか、高等裁判所の判事とか、警察署長などにも、同様に現われる現象であることは確実であります。

そして、その条件反射の刺戟が、約二時間ほどして消滅した頃に、伊藤整氏は、児童の精神に悪影響を及ぼすことの明らかな近時の流行歌謡の害悪についての論文を書き始めて、たとえば、次のように書くことでしょう。「流行歌謡の根本形式は、秩序からの逃亡と、社会からの後退と、破滅との行為の中に見出す喜びの表白にある。封建性の中にあって、これを改革せずに是認し、その中にあって自己を殺してゆくことの悲しさの是認が、その主なるテーマである。この種の流行歌謡の与える情感は、人間の心の内部に住みつき、そこで成長して、あらゆる論理的な思考を、その核心において腐敗させるものである。」

しかし、伊藤整氏は、次の週の、同じ日の、同じ時間になると、また書斎に引きこもって、ひそかにラジオのダイヤルをまわし、「酒は涙かタメ息か」というような種類の、氏の青春時代の、非進歩的な流行歌に耳を傾けて、ウットリしているでしょう。

このような事情が伊藤整氏の心理構造であるのですから、氏よりも、もっと論理的思考力の弱い人間にとって、情緒という条件反射学的因子が、いかに偉大な力をもって、その人々の心理を動かしているか、読者諸女史は、お分りのことと思います。

旦那様のものでさえあれば、あらゆるものが気に入る奥様から見ての旦那様の鼻毛と、伊藤整氏にとっての古典的流行歌謡とは、人間の本性を判断する上にとっては、同じ意味を持った現象であります。愛情や喜びの記憶と結びついているものは、つまらぬものや汚ならしいものでも、論理より強い力で人間を動かすのです。怖ろしい事実です。

ある人々は、論理に従って社会の善なるものを思考し、その結果効果を論理的に算定して、カエンビンなるものを投げます。しかし実は、そのカエンビンを投げる時の、心理的実感は、親分のために死んだり、代官を切り殺して、破れると知りながら赤城山に立てこもる博徒の衝動を、ナニワ節の森の石松や「赤城の子守唄」によって養われていたのが、論理の仮面をかぶって復活したものであるかも知れないのです。

民主主義の社会においては、正しい調和ある秩序は論理によって作られる、というのが約束です。しかし論理は、実は私たちにとっては、仮面として、また口実として使われているのに過ぎない場合が多いのです。論理が単なる飾りとして、使われていることの好例として、軍備を持たないと論理的に約束しながら、現実に軍備しつつある日本の政治家の行動を、ここで、また挙げることができます。

理窟や法律を新しく作ることは容易です。しかし情緒を新しく作ることは、きわめて困難です。論理が実在するためには、その論理が、それを愛好する情緒によって裏づけられていなければなりません。

問題を限定して行きましょう。愛、というよりも、恋愛というものについて考えて見ましょう。前にも、ちょっと触れたように、恋愛と考えられているものの大部分は、情緒によって構成されています。たとえば、

アノマナザシガ、トテモ素敵ダ。

フルイツキタイヨウナ、イイスタイルダワ。

アノ人ノコト考エルト、胸ガドキドキスルワ。

コノ押シ花ハ、アノ人トハイキングニ行ッタ時、アノ野道デツンダ花ダワ。コノ花ヲ見テルト、涙ガ出ル。

アノ人ヲシノブタメニ、アノ海辺ノ砂山ニ行ッテ、一人デ坐ッテイテミタイワ。

アノ唄聞イテルト、アノ時ノコトヲ思イ出シテ、トテモ悲シクナルノ。

私、チヂレタ髪ノ人ヲ見ルト、アノ人ヲ思イ出シテ、ウットリスルノヨ。

というような考え方で、恋愛の実質が作られているとき、それを情緒以外のもので作られていると、どうして考えることができるでしょう。恋愛の唄というものは、このような情緒を韻律的に配列することによって、一般には作られています。

恋愛が人を支配する、という言葉は、殆んど間違いなく、情緒が人を支配する、と置きかえることが出来ます。宗教的に考えられる愛なるものは、そういうものではありません。抽象的な、非特定な、あらゆる場合の、あらゆる人間について考えられるものです。ですから、その場合、人と人との結びつきは、人間の本性は何か、という認識の上にのみ作られます。人は他人を自分と同じように愛さなければならない、というような考え方をします。恋愛はそれと違います。ある特定の人を、その人が美しい顔を持っていることを理由として愛する、というのは、その美しい顔を持った特定の人を、自己にのみ確保し、その人が、自分のみに愛着するように、その人の心を作り直したい、という強烈な我慾であります。このような我慾を、私たちは恋愛と言い、その特定の人に対して抱く喜ばしい欲求を情緒として味わうのです。

この我慾を悪いものだ、と私は言うのではありません。それどころか、この我慾を正当なものとして認めることによって、ヨーロッパの所謂近代なるものが作られたのです。我慾は、社会秩序や家庭の秩序と対立して、それに縛られまいとして、自己を主張します。そういう我慾の強い人間のいる国では秩序は乱れがちのものです。秩序は我慾のために、ゆすぶられて動揺します。それでいいのです。秩序は我慾を妥当に生かすための臨時の制度であって、秩序が大切なのではなく、我慾が大切なのです。日本では、今でもまだ、我慾が悪いもので秩序の方が大切だと考えられがちです。封建的な制度は、我慾は悪いものであるから、それを消さねばならないという考えをもとにして成立しています。その場合、国家とか、王とか、家庭が、個人の我慾を消すことによって安全になるのだ、と教育されます。私たちが、戦争中まで受けて来た道徳教育なるものは、専ら我慾を消して、自分の生命を、国家や王や家族のために犠牲にしなければならない、ということでした。男は戦場で死ぬのが善であり、女は身売りして家を救うのが善でした。

近代主義ということに対する疑惑は後まわしにしておきます。今の所、戦後の日本では民主主義とか、近代的人間とかいうことが、人間らしい生活様式の一つの目標になっています。その時、この我慾なるものは、どうなるのでしょうか？　単純な我慾は社会や家庭の安全な秩序をおびやかすことが、短い戦後生活で一般に認められました。金がほしいからと言って人を殺し、セックスの不満があるからと言って異性を襲う、というような戦慄すべき現象が続いた後で、いま、日本は急速に昔の秩序に戻りつつある、と言われています。やっぱり、それでは、戦争以前と同様に、我慾を殺して、国家、社会、家庭の秩序を保つように努力しなければならないのではないか？

と考える人が多いでしょう。

私自身、すなわち評論家、小説家である伊藤整氏自身ですら、本能的に（すなわち、論理的にでなく、情緒的の意味で本能という言葉が使われています）そう感じます。何という危険なことでしょう。私がそう感ずる以上、大部分の日本人がそう感じているのです。これが危険なことです。我慾の調和ある生かし方を否定したら、モトノモクアミです。それは、情緒の方が論理よりも実践性がある、ということです。人は論理を口実や飾りにしておいて、実は情緒によって行動しがちなものです。

我慾は、殺すべきでなく、他人の我慾と調和させ、妥当に組み合わせて生かすべきものです。一般には、二個の人間の我慾がぶつかったとき、片方が我慾を極端に発揮すれば、他方は犠牲となって、我慾を全く消さねばならなくなるでしょう。それを、両方とも生かして、適当に調和させることが、社会生活というものです。我慾がたがいに、自己を主張すること自体が相手を満足させる、ということは、性の働きを根本とする恋愛において可能なのです。しかし、我慾の主張を、他と調節する意志なしに拡げると、たちまち故障が起きます。ある個人が我慾的であることが、他者の喜びになる組み合わせの原型が家庭です。子の希望は親の願いであり、夫の願いは妻の願いである。それが本当の調和で、その調和から外れた人が家庭にいると、家庭生活は無理になります。

旦那様が酒を飲んで楽しむことは、ある程度までは奥様の喜びともなるでしょう。しかし奥様が着物を必要とする時に、旦那様が奥様の着物を買う分まで酒に費せば、そこで我慾が対立します。

そのときに必要な考え方は情緒でなくて論理です。どこまで旦那様は酒における我慾をのばし、どこまで奥様は着物の我慾をのばすべきか、ということは、半分ずつとか、交互にとかいう折合をつけねばならないでしょう。この種のことを論理による調和と呼ぶのです。

このような場合に、日本の奥様が、伝統的な自己放棄の情緒的考え方をすると、それは次のようになります。ウチノ旦那様ハ酒ガ大好物ダカラ、私ハ着物ナンカ買ワナイワ。またその次には、ウチノ旦那様ノ好物ノ酒ヲ買ウノダカラ、コノ着物ヲ質ニ入レルワ。そのつぎには、私ハ食事ヲ抜キニシテモ、ウチノ旦那様ノオ酒ヲ買ッテヤルワ。この時に女性を支配しているのは自己犠牲の情緒です。親分のために死ぬ。主人のためにわが子を殺す。国家のために死ぬ時の悲痛な情緒です。たとえば、泣クナ歎クナ必ズカエル、逢イニ来テクレ九段坂というような情緒です。実にこのような順序で、母子心中が行われます。また家庭の情緒主義は国家の情緒主義になります。その考え方で、支配者たちの勝手に起こした戦争が是認されました。おなじ自己放棄の衝動で「忠勇なる」軍人が多く死にました。

自分さえ犠牲になればいいのだ、という情緒的な考え方ほど危険なものはありません。我慾を持った人間が、その我慾を主張し、他人も主張する。そして、その間に理窟によって折合いをつける。という論理的調和には、私たちは慣れていないのです。私たちの情緒に合致する行為の定型の一つは、自分が他人を完全に支配し、他人を奴隷にしてしまうことにあります。オ前等ノ命ハモラッタゾ、などと言うあの考え方です。もう一つは、その反対で、自分を全く棄て、誰かのために死んで行くという悲痛な喜びです。この両極端が、私たちの行為を決定する情緒の形式であります。

そして、その両極端でないものを、私たちは、ダキョウだ、と言って軽蔑します。また中途半端だ、と言って軽蔑します。時には、アイツハ合理主義者ダ、といって嘲笑します。または八方美人デネ、と言って蔭口を利きます。

ダキョウ、中途半端、合理主義、八方美人などという言葉が、このように悪い意味に使われるのも、根拠のあることであったのです。それは、合理的な秩序の立っていない社会では、悪い秩序をそのままにしておいてそれに調和することは、正義を曲げることであったからです。それは、普通には、顔役の言い分を通すとか、親分の顔を立ててやるとか、ツキ合イだから仕方がない、という考え方を暗示しているからなのです。そういう社会状態があまり長く続いた結果、私たちは、その中に生きるのに慣れて、人と人との合理的な組み合わせをこの世で作ることは不可能だ、と考えるようになったのです。

ですから私たちは、清らかな生活は、社会を離れて出家遁世すること、花鳥風月に遊ぶことによってのみ作ることができる、と考えるようになりました。死ぬことは清潔だと考えるのもその延長です。また政治に関することは堕落だから、王様になってくれと言われたので川で耳を洗ったとか、何遍勧誘されても草廬を出て政治に関係しない人は偉い人であった、などというシナの伝説を尊重したりするようになったのです。

男と女の本当の恋愛は、この世に生きていて貫くことはできない。あの世に行って実現しよう、と考えるのが心中の根本情緒です。こんな風に、正義や、論理の通った実生活は、この世の中には実現しがたいものだ、という考えが、私たちの中に、大変深く根を下していて、そこから情緒が湧いて出て、私たちの行動を、死や遁世思想に、容易に結びつけるようになっています。

何々何々ノ為ナラバ、ナンデ死ヌ身ガ惜シカロウ、という歌の情緒は、容易に私たちの心に入りやすくなっているのです。このような歌の文句を、いくつでも例にして挙げることが出来る、ということ自体が、私の弱点なのです。全か無か、神に祭られるか死ぬか、という考え方は、十年や二十年の所謂民主主義制度では、訂正できないのでしょう。

このような日本的情緒に結びついて考えられるところの恋愛は、きわめて危険です。恋愛や夫婦生活のなかで論理を主張する女性は嫌われます。先頃、ある新聞で、母親が歎いていました。それは男の大学生たちが、その妻としては、学問や理窟をふりまわすような女性でない女性がのぞましい、と言っていたことから起こった歎きでした。娘に教育を受けさせることが、幸福な結婚から娘を遠のかせることになるのではないか、と母親が歎くのも無理はありません。

男の大学生たちは学問をし、論理を身につけ、近代的な考え方をする人間になったと自分を考えています。しかし、いよいよ結婚の相手を選ぶ時になると、あまり学問のある女性、理窟をあまり言うような女性と一緒に生活することを怖れます。彼等は論理を怖れるのです。論理に縛られるように感ずるのです。この場合も、男の大学生にとって、論理が単なる口実であり、飾りにすぎないことが明白です。

そして私自身は、その大学生たちをフガイナイとは思いますが、また同時に、自分を反省して、その大学生たちに同情し、同時にそれを歎いた母親にも同情します。憲法も、学問も、民主主義も、今のところまだその実質は、私たちの情緒という生活意識の本質とは関係がないものです。これは怖るべきことですが、十分に考えておかねばならないことだと思われます。

自分のエゴと、妻のエゴを論理的に調和させる自信のない男性、自分のエゴをのばすためには、妻がエゴを主張しないような古風な女性であることを願っている男性が相手であるとき、しかも口先では論理的なことを主張している男性が相手であるとき、女性の生き方は、極めて難かしいものであることを、私は痛感じます。同時に、教育あり知識ありと自認する女性においても、実はその教養は表面の飾りもので、内容は古風な日本的情緒によって作られていることも多いと思わねばなりません。

その場合、それではどうしたらいいでしょうか？　少しずつでも、男性も女性も、自分を生かすこと、しかも論理と合った考え方をすることに努力する外ないでしょう。心理的なものを一挙に変えることはできません。

私たちが自分の衝動から自由になる為には、私たちの情緒の働きがどういうものかを知っておくことが大切だと思います。男性の喋っていることが、彼の情緒の本質と違う飾りものであること、また自分の口にしているモットモらしい理窟が、自分の情緒の衝動と違う借りものであることを反省することが大切だと思います。また私たちを支配しがちな情緒が、実はどんなに危険なものであるかに気がつくことが必要だと思います。知ることは、客観的にものを見ることになり、自分や他人の盲目的な衝動から自由になる可能性を作り出すでしょう。

第十章　生命の意識

ある男の人が、ある女の人と一緒に暮らしたいという願い、ある女の人が、ある男の人と一緒に暮らしたいという願いが、叶えられないことは、この世の中ではしばしば起こることです。そして、そのことは本人にとっても、それを話として聞く人にとっても、人間が生きる上で、もっとも悲しいことと考えられます。

夫や愛人を戦争で失った女性の身の上に、この戦争の間に、数限りなく起こった悲劇がそれでありますそれでも、その人たちは、その男性を一度は夫とし、また恋人としたことがある故に、まだ幸せだと言ってもいいかも知れません。もっと哀れなのは、自分が恋いしたっているのに、その相手に嫌われた、無視された、拒絶された、裏切られた、という場合のことです。

このような例が、女性の側から見てのみでなく、同じように男の側から見ても起こります。ほとんど毎日、人間の社会に起こっているこの種の事件のために、心弱く敏感な人は、生きる目あてを失い、自棄的になり、冷たい心になり、悲しみの果てに、自殺をすら致します。その歎きの声は、もし神や天使がいて高い所から人類の心を明らかに見て取ることが出来たら、神たることや天使たることが心苦しく、怖ろしくなるほどであろうと思われます。

人類は、この歎きから逃れることができませんでした。そして人類がある限り、この歎きは続いて行くことでしょう。多くの悲しい物語、悲しいが故に美しい物語、歌、音楽、絵などが、この問題を基にして作られました。

人は自分の身の上のことで涙を流し、悲しみ、時には自殺すらいたします。ところが、他人の身の上の悲しい話、作られた物語の中の悲しい恋の話、舞台の上で演ぜられる失恋の苦悩などを、人は喜んで、金を払ってすら、聞いたり、読んだり、見たりするものです。一体これは何故でしょうか？　歌にしても悲しい歌で、胸をかきむしられるようなものを、人は喜んで聞き、それを覚えようと努力し、それを巧妙に歌うことで声楽家、音楽家としての名声を得て、その芸術によって人に喜ばれるのです。これは一体何故でしょうか？

私自身が、そういう悲しい物語を時々書いて、読者を悲しませ、悩ましているので、私は、時としてそれ等が人生に害悪をもたらすものではないかと怖れるの余り、それと反対のもの、人をその生活や愛の苦悩から忘れさせ脱却させようとして「伊藤整氏の生活と意見」のようなユーモラスな笑い話や、「女性に関する十二章」というような女性救済の道徳的なお説教を書いて、罪ほろぼしをするに努力しております。

しかるところ、読者たちは、笑い話や道徳的なお説教よりも、悲しくつらい恋の物語の方が気に入るもののようです。この事実もまた、あまり世の中に一般化しているので、人は当り前のことと思っているようですが、芸術というものの理窟を考えることを自分の仕事の一部分としている私には、まことに困ることなのであります。ソンナ事、当リ前ジャナイノ、ツマンナイワとあなた様はお思いになるでしょうか？　当り前のことを説明することが、すべて道理というものの起こりであります。何故物が高い所から低い所へ落ちるのか、どのようにして落ちるか、と考えたために、近代の科学の理論を作り出したのがニュートンであったことをお考え下さい。

ですから、何故人は失恋を悲しみ、かつ失恋の物語を喜ぶか、という簡単なことの理窟を私が考えても、一言にツマンナイワと言って片づけないで頂きたいと思います。全く何故でしょう。その疑問は、実は私のみが考えているわけではなく、文学者や思想家や哲学者たちが大分前から考えている、人生についての根本問題の一つなのです。結論的に、一番新しい説から申しますと、人間は、思うようにならない事にぶつかって初めて生き甲斐を感ずるものである、という風に考えられます。その少し前たは、人間は苦悩を愛するものである、と言った人もいました。こんな説が出て来ますと、苦悩や悲しみは同時に喜びである、ということになって、色々な感情の区別が失われるので、一層、ものの考え方が混乱して参ります。

ただ一つ明らかな事は、自分や自分の家族や親しい友などと直接に関係のない事件は、どんな悲しい話でも、苦悩の外にある別な感じを抱かせるものである、ということです。たとえば原子爆弾で傷ついたり肉親を失ったりした人は、その事件が悲しみや苦しみや怒りとなりまして、外の感じを抱く余裕はないでしょう。しかし原子爆弾についての正確な体験や科学的な報告や研究を読む人は、それによって傷つき死んだ人のことを悲しむと同時に、それについての批判や、そのような事が二度と起こるのを防ごうとする意志などを感ずるでしょう。

またその人は同時に、こういう事を感ずるかも知れません。人間は、動物から進化して人間になった時に、火を作り出すことを工夫した。それは進歩であって、そこから食物を煮たり焼いたりすることを覚え、蒸気機関や石油エンジンを作ったりしたが、一面では怪我や火傷の原因となり、工場の災害となり、火薬の発明となり、それによって人間の傷つくこと死ぬことが多くなった。災害と科学的進歩とは同時に起こるのであって、文明はたいてい良いことと同時に悪いことをもたらした。原子力の発明もまたそのようなものの一つではないか。原子爆弾は悪であるが、原子力の発明そのものは進歩である。よい意志とよい政治力によってそれを使えば、人類は更に進歩するかも知れない。

こういう風に、一つの悲劇を考えると、そこに、人間の存在についての、ある秩序のある考えが生まれます。その種のものを思想と言います。そして、一つの事件から、このような一般的な考え方に達した時、人間というものは、ある落ちつきを得て、この次にどのように努力すべきかを考えることが出来ます。どのような悲しい辛い目に逢っても、それを外の場合にも共通した考え方の中に含めて、一つの思想を作り上げることが出来る時に、人間は気持が楽になるもののようです。

思想というのには、明るいものもあり、暗いものもありますが、同じような問題であればどの場合にも適用し得るような一貫性を持つことになるのがその特色です。人間社会の成り立ちとか、人類の本質とか、恋愛というものと共通した特色、というようなことを考える理窟の通った判断の仕方がそこに生まれるのです。

失恋の体験が苦痛であるのは、恋愛というものの一般性について考えるだけの余裕を本人が持てないからであり、失恋や物語や歌などが興味をもって読まれたり、歌われたりするのは、その物語の中に、人間というものはこのようなものだ、とか、恋愛というものはこうしたものだ、などという思想をそこから汲みとって、人間生活についての一つの見通しを得て人生についての判断を持てるからであろうと思われます。その作品に思想が見出された場合は勿論そうでありますが、その作品が、思想と言うべきものを、はっきり示していない時でも、読者は、あの場合はあのようである、そして自分の体験はこのようなものであった、と考え、その作品と自分の体験とを較べて、自分に納得の行くような考え方を作り出します。人生は明るいものである、とか、暗い悲しいものである、というような単純な考え方でも、そこに一つの思想が生まれて来ますと、その悲しい物語は悲しいだけでなく、心のより所となったり、考え方と秩序となったりして、それが人間に安定感と喜びを与えるのです。

そして、たとえば、恋愛についての一つの思想を得ることは、恋愛の本質が分った、という意識をその人に与え、この理解することの喜びが、物語の中にある失恋の悲しさと結びつく時、その読者は、それを読んで泣きながらも、ある感動を覚えます。そしてその物語が、具体的にその事件や人物が目に浮かぶように描かれてある時は、物事を、自分の目で見る以上によく見たという喜びと、恋愛というものの本質が分った、という喜びが重なり合います。大体物語の与える感動は、その物語に描かれた事件そのものの悲しみや喜びの感動と、この形と思想を理解したという感動との重なり合ったものであります。

そこで、さらにもう一つ、これに関連して申し上げたいことがあります。それは、初めに述べましたように、一般的に恋愛については、恋愛に成功し、幸福に暮した理想的な物語よりも、失恋した話、裏切られた話、愛し合いながら別れ住んだ話などの、不幸な恋愛の物語の方が愛される、という傾向が強いことであります。この点については、前述のように人間は苦悩を愛するものである、という極端な解釈まで生まれているのですが、これは何故でしょうか？

人は苦悩を愛するものだ、とまで言わなくても、大体次のようなことは事実であります。即ち苦労なしに得たものは存在しないと同様である、ということです。水に潜る時でなければ、空気は我々にとって存在しないも同様であります。大怪我をしたり、貧血病になったりしない時は、自分の血液は我々の関心の外にあります。安い水道料金で使ったり、ただで飲んだりする水は、ほとんど我々にその価値がないと同様です。細心に気をくばり、よく愛してくれる両親を持っている息子や娘は、親をありがたがるどころか、親の目をうるさがります。おだやかで、物静かな妻はとかく夫に無視されがちです。お金が無限に自由に使えたら、そのお金は湯か水のようなものに考えられるでしょう。どんなに好きな異性でも、競争者もなく、何から何まで自分に賛成して、自分の言うことは全部聞いてくれ、浮気をする心配がまるで無かったら、と私が申しますと、読者諸女史は、ソレガ一番幸福ダワと溜息をついて言うでしょうが、実際そんな旦那様がいたら、案外つまらなく感じて粗末にするのが人情です。そんな人が現実には居ないからこそ、あなたは溜息をつくのです。

ですから、幸福は、常に不幸や不可能や現実にあり得ないことを前提にして考えられています。金が足りない時は金があったらと思い、背の低い人は背が高かったらと思い、金に心配ない人はフランスに住みたいなどと考え、飲んべぇの旦那を持った人は、ウチノ人が酒さえやめてくれたら、と願います。

容易に出来ること、容易に手に入るものは、私たちに取って存在しないも同様なものです。奪われたもの、手に入らないもの、滅びてゆくもののみが、痛切にそのものの実在を私たちに感じさせるのです。沙漠の中で失う水の貴重さと同じように、愛の滅亡の物語が私たちに愛の実在を分らせるのです。何かに抵抗して、何かを無理に手に入れたとき、一度手中にあったもので失われてしまったもののある時、それ等のものは私たちにとって実在となります。

ですから激しい恋愛をして周囲の人の反対に抵抗して結婚した人が、静かな家庭に入ると急に譲り合いを失って、家庭をこわして見たり、それと反対に、封建的に非人格的な見合結婚などをした人が、お互の間に生まれることを予期しなかった愛情にある時気がついて案外家庭をうまく保つ、というような皮肉なことすら起こるのです。

抵抗する感じ、失われたものを、手に入りにくいものを手に入れようと苦しむ感じがあって、その時に初めて人は生きていること、自分が何者かであること、自分が何物かを所有していたことを理解します。そのような心の働きがあるために、私たちは悲しい恋の物語の中に恋愛そのものの本質を発見したような気持を抱きます。また家庭を破壊してから初めて家庭の幸福というものを理解します。このような形でのものの理解の仕方を、抵抗感による実在の把握と難かしく言ったり、無の意識による実在の認識と言ったりいたします。

芸術作品の中味として悲哀、別離、失恋、苦悩などが描かれるのは、それ等のものの否定的な働きによって、存在を味うことが出来るからです。

そこで、このような芸術的な理解の方法を、人が若し現実の生活に応用して幸福になることが出来るのではないか、ということが考えられるわけです。芸術作品の中で不幸や悲しみが幸福を作り出すものならば、実生活の中でも人工的に幸福を作り出せるのではないかしら、という疑問をここで抱いて頂きたいのが私の願いであります。

それは誰にも出来る、ということではありませんけれども、確かに出来ることです。たとえば、次のように考えることです。旦那様が酒のみであることに苦労する奥様は、ウチノヒトは酒を飲むのは困るけれども、よく働くからいいわ、と考えること。酒を飲む上に働きもしない旦那様である時は、それでもウチノヒトは、生きているからまだいいわ、と考えることができます。子供さんが言うことをきかなくて苦労なさる方は、でもいつかの病気の時に死んでいたら、と考えて今の自分の幸福をつかむことが可能になります。また恋愛に失敗した時は、それでも恋愛というものがある程度分ったわ、男性の気持の動きも分ったわ、と考えることができるでしょう。しかし、実を申しますと、このような考え方には大きな危険があります。それは自分一人の心の安定のために、ますます引込み思案になって、生きることの積極性を失って行くことです。こういう風に考えないで、次のように考えては如何でしょうか。

たとえば子供を亡くするという最も悲痛な経験を持った時にも、次のようなことが考えられれば生きて行く目あてをつかめるでしょう。私が子供を亡くしてこんなに悲しいのだから、よその子供を亡くした親御たちの気持もそれと同じものだろう。そういう人と語り合って、人間が子供に対して抱く痛切な愛の思いを分ち合い、慰め合うことにしよう。でなければ、その病気の療法の研究をしている学者たちの仕事に、多少でも助力をしてやって、人間の社会から子供を亡くするという悲しみに逢う人を少くしてあげよう。

このような型の考え方が、前の型の考え方より良いように思われます。他人の中にある悩みや苦しみを理解してやることは、自分の悩みをも軽くさせます。またそれと同時に、この世に生きているのは、自分一人でない。自分と同じ悩みが隣人をも襲うものである。それらの悩みを、出来るだけ少くしてあげようと考えること。それが実は人間の進歩というものをもたらした原動力の一つであったように思われます。

手や足のない人のために義足や義手を作ること、孤児院を設立すること、社会の改良を企てること、堤防を作り、道路や橋を作ること。これ等のことは、単なる自分一人の利害の観念のみから出来たことではありません。自分と同じ悩みを他人が持っている、という認識から、人は協力して道路を作り、郵便制度を作り、育児院を作り赤十字社を作ったのです。自分一人でない、隣人がいる。隣人は人間として自分と同様のものである、と考えることが社会を進歩させました。

いま私は二つの考え方の型をここに書きましたが、その前の考え方、即ち無いと思えばすべて我慢できるとか、死んだと思えば貧しい苦しい生活でも幸福だ、という考え方は、孤立した人間の考え方で、これが幸福感を作り出す考え方として、日本人には割合に実践しやすいものです。この考え方がそのまま悪いと言うのではありませんが、この考え方は危険なものを含んでいます。例で申しますと、ある会社が大変儲けている。ところがそこの使用人に出る月給は不合理なほど安い。その時そこに勤めている人が、月給は安いけれども失業しているよりはましだ、と考えて仮りの幸福感を作っているとします。それは妥当な考え方とは言われないでしょう。このような考え方をしますと、息子は戦争で死んだけれどもお国のために死んだのだから我慢しよう、という考え方にもなります。これは受け身の考え方であり、隣人に目を向けない独り合点の考え方になります。

これに反して、後の型のように隣人を見て、その人の中にも、自分と同様なよい点も悪い点もあると考える型の方は、同情心となり、社会的なバランスを考える力ともなり、また人間に共通な本質を理解する能力ともなって、社会の進歩というものを生み出します。それで、後の方の考え方を社会的な考え方と言っておいてよいと思います。

人間が隣人と、即ち他人と協力して努力すれば、制度や習慣を改良してよい社会を作り出せる見込みがあるという時には、後の考え方が役に立つと思います。たとえば勤労者の生活条件の改善、不幸な人々への社会施設を作る努力などが、この考え方から出て来ます。しかし、どのように努力しても改善する見込みのない事柄については、私は前者の考え方に役立つ場合があると思います。自分の姿形の問題、ぬきさしならない愛情の問題の苦しみなどは、多くの人間が孤独の中にあって苦しむ根本的なことであります。その時、前に書いた無の意識による生命の認識という考え方が救いになるでしょう。癩病患者であった北条民雄という人の小説にある考え方がその代表的なものです。癩病だと考えて人附合が出来ないといって自分は長いこと悩んだ。しかし、病気でも生きていることそれ自体が輝やかしいことだと考えることで彼は救われたのでした。これが大体仏教系統の考え方であり、もう一つの方の隣人の認識から社会的な連帯意識にまでひろげて考えるのがキリスト教系の考え方と言うものです。日本では賀川豊彦氏は後の考え方をする典型人ですが、今では日本でよりも外国人の方が却って氏の仕事を強く認めているようです。もっともどちらの宗教家でも、偉い人々は、この二つの考え方を同時に持っていたように思われます。

私の生活の実感から申しますと、隣人の認識、社会的な連帯意識というものは、知識としては私たち現代人は持っていますが、実行的な感覚はまことに弱いようであります。良いことと分っていても、隣人へ社会へと働きかけて実行するということは、我々日本人には出来ないことであります。この社会意識の伝統が私たちにとって、比較的新しいものだからでしょう。それに反して無の意識による実在感の認識という考え方は、私たちがそれを行っていると気のつかない場合でも、我々日本人はかなり容易にそれを実行して自分を救っているようです。これは長い間の仏教やシナの道教から入った考え方が私たちを支配しているからだと思われます。

歌舞伎や文楽や能などの日本の古典芸術が私たちを動かすのも、主としてこの系統の考え方によるものです。また現代小説で言いますと、私小説という自伝小説の中で行われている考え方も殆んど全部この系統で、外囲へ働きかける代りに自分の身を削って我慢するような考え方に属するものです。

もう一度初めに戻って、芸術作品と人生との関係について述べたいと思います。悲哀、苦悩ばかりでなく、頽廃、悪徳、残忍さ等までに及んで人生の否定的な面をわざと描き出すような性質を持っている芸術作品は、これまでも度々政治家や宗教家や教育家に攻撃され、それの抹殺運動が起こったことがあります。芸術は人生の悪い点を誇張し、それによって悪い影響を人間に与えるものだ、と度々非難されました。

政治家や宗教家や教育家は、色々慾望を内側に持っている人間に規律を与えて、それを制限し、家庭や社会の秩序を保たせようと努力します。それ等の規律や秩序に反するものを、彼等は悪と呼びます。たしかに、人間が調和して生きるためには、これ等の秩序は必要なものでしょう。

しかし、もっと根本的なことは、人間として多くの慾望を持ち、それを可能な所まで実現することが生活だ、ということです。秩序はそれらの慾望を社会的に調和させる方法にすぎません。秩序が大切なのではなく、出来る所まで人間の慾望を生かすことが大切なのです。人間は自分の本当の慾望を自ら知らず、徒らに外側の秩序のみを気にして生きがちなものです。その秩序にぶつかりそれに抵抗しながら、我々がどこまで自分を生かせるかを分らせ、生きていることの実感を味わせるものが芸術です。芸術は人間性と共にあるので、秩序はその人間性にはめられた枠にすぎません。我々はとかく枠の方を生命よりも大切だという迷いにとりつかれて、芸術は悪だとか不要だなどと考えるのです。

第十一章　家庭とは何か

旦那様をいま持っている読者諸女史に申し上げますが、今の旦那様と別れたくない、今の家庭をこわしたくないと若しお考えでしたら、寸刻も油断してはいけません。旦那を監視し、旦那につきまとい、その行動と持ちものをセンサクし、旦那にヤキモチを焼いて、どっちか死ぬまでの長い長い時間を送る覚悟をすべきであります。

そのまた一方では、できる限りオシャレをし、下着も上着も、よそ行きが大事だなどと言わないで、日常にきれいなものを身につけ、香水にゼイタクをし、美容院には月に何回か出かけ、また眠っている間でもイビキをかいたり、オナラをしないように、口をあけて眠らないように、即ち、全く日常をよそ行きの気持でお過ごしになることを、心からおすすめ致します。

即ち、ウチの旦那はアタシを愛してるから大丈夫よ、とか、こんな可愛いい坊やがいるんだから大丈夫よ、とか、うちの主人は学校の校長先生だとか牧師さんだから、などと考えて、化粧をおろそかにしたり、ヤキモチをつつしんだりすると、あなたはきっとひどい目に逢うにちがいありません。

男性と一緒に生活すること、即ち家庭をイトナムことで、独身時代の不安から解放されたと思ったり、理想的なハイグウを得て、幸福な家庭生活を送っているなどと幻想的に考えてはなりません。それと反対に、男という、心の動きやすい、見栄はりで、冷酷なエゴイストを自分につなぎとめて置くという大変な重荷を背負ったものだと深刻にお考え下さるように祈ります。これは、男である私自身をブジョクするような言い方であります。ソウダワ、ウチノヒトニ限ッテ、ソンナ風ニナル心配ナイワ。伊藤先生ハウチノヒトヲブジョクシテルワ、とお考えになる方があるかも知れませんが、私自身が自分の中にある男性の、紳士の名誉をギセイにして言っているのですから信じて下さった方が得策であろうと考えます。

結婚というものは、決して人間生活の最終的な理想形態ではない、と私は考えます。結婚はしかし、人間にある生物的な弱さを包み、補い、いたわる便宜的な、仮りの生活形式にすぎない、と私は考えております。私は、結婚生活を持続すること自体が人間として相当無理なことであると思います。しかし、人間はいろいろな弱点を持っていますから、一般的には結婚生活が必要なので、その中で生活しないと、不安定に陥り、恐怖や衝動におそわれがちなものです。

結婚生活が人間性に安定を与える第一のことは、自分は愛するものの心と身体を確保している、という安定感です。第二に、自分は性的な満足を欲する時に得ることができる、という安定感です。第三は、男性の側では料理や衣服を善意をもって支度してくれる協力者を持っているという安定感で、女性の側では自分は経済的に不安のない生活を送ることができる、という安定感です。第四は、子供をその両方の親が同時に見守りながら育てられるという喜びであり、子供の側では父親と母親の愛情を同時に受けることができるという利点があることです。

このうちの、どれか一つが欠けても人間は不安に陥り、生きる目あてを失ったような気持になるものです。しかし以上の四つの点が家庭というもので完全に満たされるかというと、そうではありません。

第一の点について、もう愛情を感じなくなったり、無関心になったりした同棲者と死ぬまで一緒に暮らさねばならない、という好ましくない感じが家庭の中では起こりがちです。

第二の点について、性的な満足は、特に若い男性においては、きまった相手と接触するよりも機会さえあれば新しい別な相手と接触したい、という強烈な衝動があるので、家庭生活は彼に不満を感じさせ、束縛感を与えます。この衝動は、独立心を持っている女性ならば、男性の場合ほどではないとしても、やっぱり相当にある筈のものと推定されます。結婚生活はこの衝動の自然な動きにとって有害なものです。それを一般に不倫とか裏切りとか言いますが、それは結婚形式を先決条件として考えるからそういうものであって、本質的なことではありません。

第三の点について、これは男性が外に出て働き、女性がその男性の働きに依存する気持をもって、即ち食わせてもらうという依頼心に基づいて結婚するから起こることであって、独立心を持っている両性にとっては、かえって邪魔になるものであります。女性が家庭の奴隷であるという意識が一般化している現在、この利点であったものが、今では結婚生活の一番大きな弱点と考えられているものです。

第四の点について、子供の人格の成立には、父親的な愛と母親的な愛とが必要だという事実は、なかなか動かし難いものでありますから、親から見ても子供から見ても、家庭というものが必要になるための大変強い要素として、結婚生活の持続を強要しているものです。

ここで私は誤解されやすい危いことを申しますが、結婚生活にあまり多くの文化的、道徳的、社会的な意味をつけて、それを人間の理想の最終形式である、と考えることに反対いたします。その意味は、次のようなことです。結婚は生物的な自然現象であって、文化的道徳的な生活形式としては多くの無理がある、ということです。

この言い方では難かしいでしょうか。つまり、生物の雄と雌は、初めたがいに引き合い、生殖という目的を果たすように、若い時に美しい姿をしています。彼等は、種族保存の衝動である生殖行為に駆り立てられ、（人間の場合は、そのお互の引きつけ合いを恋愛という神聖化した言葉で呼びますが）子を生み、またその子を育てる本能に駆り立てられて、雄と雌が巣に餌を運びます。私はこの本能を汚ならしいことだとも思わず、また特に神聖なことだとも思いません。それはしないでいると生物として不安に陥ること　即ち当り前ならば生物としてするべきことであります。

この生活形式から離れると、生物としての人間は不安と狂躁に駆られるものですから、それを保護し、維持し、美化し、神聖化するために、人類はいろいろな名前と戒律とを作り出したのです。永遠なる恋愛、夫婦間の道徳、姦通の不道徳、親の愛、孝行の美徳、母と子の結びつきの神聖さ等々です。

一応そういう後でくっつけた意味や名前を洗い落として見ることが必要であると考えます。そこに残るものは雄と雌の引き合い、生殖育児という本能です。私はこの自然な生活形式を尊重することが、大体人間が安定した生き方をするのに必要な条件だと思います。我々は、自分では、知識人とか、理論によって生きる近代人とか、新しい生活意識を持つ女性とか、愛の生活における完成などという人間的仮装において自分を考えたいものですが、我々の存在の九十パーセント以上は、前記のような単純な生物としての生活本能に支配されているもののように、私には感じられます。生物本能に安定感を与えるために、結婚と家庭生活は必要なものです。

そのようなものとして結婚生活は大変重大なものですが、それにあまりいろいろな約束や規律や道徳をくっつけて、人間の最終的な絶対の幸福の場として、また形として、恋愛や結婚を考えすぎることが、現代の流行的な間違いであります。そのような意味づけは、かえって結婚と恋愛とを不安定なものに陥れているように、私には感じられます。結婚において大切なのは、道徳や約束や神聖さを保つことよりも、生物としての自分自身を、自分の配偶者を不安におとしいれないように気をつけるだけで足りるのではないでしょうか？　私は、そう考えることが、道徳や倫理や理想や永遠の愛などを考慮するよりも、もっと必要なことだと思います。

浮気をされないように着飾ったり、旦那に愛嬌をふりまいたりした方がいいし、浮気したらヤキモチを焼いて引っかいてやり、プッてやったらいいので、別にその間に道徳だとか愛のケイヤクの裏切りだなどという深刻なものを持ち出す必要はないでしょう。そんなものを当り前の結婚生活に持ち出すのは、ちょうど、着物を作る時に身体に合わせて作らずに、型にあわなければ困る、というようなものです。見合いとかオヒロウとかいう古風な形式を笑っておいて、また別に愛だとか道徳などという新しい窮屈な形式を作っているので、無駄な骨折りというものです。新しい因習の出現です。

旦那を奪おうとする競争者が現われたら、腕力のある女性は腕力でもって戦えるところまで戦うのがよく、チエのある女性はチエをめぐらして何とかして奪還すべきであり、金があったら相手の女を金で追っぱらう工面をすべきです。

しかし、このような素朴な恋愛と素朴な結婚ですら、前に書いたようないろいろな不利を感じさせるようになって来ています。その理由は、私たちが、気取りやオテイサイや仮面性というもの、即ち人格とか名誉とか体面という、元来動物の持っていないものを持って生きている、ということから来ます。女性が、恋や愛について裏切りをしない約束をして同棲している男性に裏切られた時、彼女はその男性をとり戻そうと努力するよりも、傷つけられた自尊心、体面、名誉などのことで苦しみます。動物は体面や名誉なんか考えませんが、人間は、利益よりも時として名誉や体面の方にこだわります。多分この名誉心や体面などというものは、生物の生存競争意識の転化したものなのでしょう。

このような、動物の持たない深刻な悩みを持ちながら雄なる男性と雌なる女性が、恋愛という性行為を営み、家庭という巣を共同経営する時に、生物の同棲生活の中には存在しなかった深刻な問題が発生します。そういう、人間に特有の心理的実在という弱点を守るために、道徳とか、愛の誓いとか、いうものが発明されました。その結果、できるだけ単純にしておいた方がよいところの結婚生活が、複雑な、難かしいものとなり、人間の生物としての本能に大きな負担と抑制を感じさせるようになりました。

簡単に申しますと、体面や名誉や道徳心を傷つけられることを怖れる人は、結婚生活を営むことが難かしくなってきます。外の女にホレたから引っかいてやる、という程度に考える素朴な女性にとっては、結婚生活は割合に安定したものでありますが、一度よその女を好きだと言った男とは同棲することができない、という風に難かしく考える人は、結婚生活をしない方がよいのです。そのような難かしい心を持つことと結婚生活をすることとは決して一致いたしません。従ってまた、男性の方でも、よその女に絶対に心を動かしたことがない、というような嘘を同棲者に言うことはいやだ、と思うような神経質な人は、結婚生活をしない方がよい。彼は正義の人であり、良心と道徳を持った人でありましょうが、結婚の適格者ではありません。

私たち人間の、特にこれは日本人の長所であり弱点でありますが、正しい人はそのままよい家庭人だと考えたり、道徳的な人はよい夫だと考えたり致します。しかし実際は、正しいこと、論理的なことと、生物としての人間性を尊重することとは一致しません。正しいことは人間性を尊重すべきことが原則でありますが、実際は別なものになっています。例を申しましょうか？　人間性を傷つけることを怖れる夫は妻に向かって、僕は君以外の女性に心を動かしたことはない、と言うでしょう。しかし本当の正直な男性ならば、自分は美しい女を見る度に心を動かすという弱点を持っている、と言うでしょう。

このようなことを書くのは、私が意地悪で冷酷な人間だからでしょうか？　そうではありません。あなたの愛人、あなたの夫の心も実はそのようなものです。そして本当はあなたの心もまた、これと同じようなものです。ただ人は、自分をそのようなものだと考えることを嫌うために、強いてそうではない、自分は夫以外の男性に心を引かれたことはない、と自己に強制して考えているだけのことです。

このように書いて来ますと、お分りになるように、妥協と嘘を言うことなしには結婚生活は持続しがたいものです。それのいやな人は結婚しなければいい。特に子供を作らなければいいのです。では家庭は悪の巣、嘘の巣で、男と女とは生涯相手を利用し、相手に嘘を言い、体面を作りながら、結婚生活を続けるものでしょうか。まあそうですね。

しかし嘘、正直、道徳とは何でしょうか。そんなもの、そんなものと言ってもびっくりなさらないで下さい。そんなものは本当は大したものではありません。人間が社会生活に便利なように仮りに作った約束にすぎません。男と女とが調和して生き、親と子とがむつまじく生きるために嘘やオテイサイが必要なら、それを使ったらいいのです。生物としての人間に結婚生活が必要なのであれば、それを維持することが大切なのであって、嘘であろうがオテイサイであろうが、必要なことは言い、役に立つことはしなければなりません。

嘘や正直などという約束は、お都合主義の間に合わせのもので、ちょっと反省して見ても、日本人の大部分は戦争中には、本当に日本なる軍国主義の国を愛し、忠義のために死ぬのはよいことだ、と正直に思っていたのです。その時の社会の秩序にとって有利な考え方を、人間は正義だと思っているのです。社会秩序が変れば、正義の形も内容も変ります。道徳は永遠不変のものではありません。道徳はお都合主義の産物で、今だって階級戦争や国家戦争で人を殺すのはよい事で、そうでなく人を殺すことは悪いことだなどというようなムジュンに満ちた言わばいい加減なものなんですからね。

男と女が愛し合うことが自然であり、親が子を育てることが自然である。自分はそのような生活をしたい、と決心したら、道徳や約束や論理などを、その生活に合うように作り直したり、忘れてしまったりして、その生活を大事にするように臨機応変に生きたらよいのです。よい事は理窟を貫くことでなく、オテイサイにこだわることでなく、まして他人に教えられた道徳などを後生大事に守ることでもありません。自分の本能と欲望と執着とを生かし、他人のそれもできるだけ生かすことです。本能の方が永遠のもので、政治形式や文化的流行次第でどうにでも変る道徳という間にあわせの約束よりもはるかに大切です。

そういう意味での恋愛や結婚生活で自分の立場を守るために、文化人的な論理とか階級意識とか性道徳が役に立つようでしたら、それを利用することも結構だと思います。当節、結婚についての文化人的なお道徳は世上にいやというほど流布していますから、そいつのうちの役に立つ所を持って来て、競争相手をヘコませたり、旦那や愛人にマジナイをかけて、彼の博愛衝動をにぶらせることも、大変結構なことだと思います。しかし、そういう作りものに逆に自分が振りまわされて、愛の永遠の約束は、などと考えてボンヤリしていたら、きっと愛人をとりにがして悲しい思いをする羽目に陥ります。

以上書いたことから、私、即ち伊藤先生を、大変な悪人だとか、本能主義者だとか、便宜主義者だなどと批評されないようにお願いいたします。どうしても恋愛して結婚して家庭生活を円満に貫きたい、という執念の強い女性が一般的なものですから、私はその人々のために、役に立つであろうところの考えを大胆に申し上げただけのことであって、私自身は極めて道徳的で、論理的で、同時に家庭的、生物的なムジュンに満ちた悩める男性にすぎません。

この頃の恋愛学や結婚学を教えられる諸先生は、正義と本能を一緒にし、道徳と愛情を一緒にしています。人類の理想というオッカナイものを、この原始的な生物的調和の中に持ち込みたがります。それらの教義は私に言わせると、オテイサイのキレイゴトに過ぎません。本能はしばしば正義と対立しますし、愛情（恋愛としての愛情）は道徳と対立しがちなものです。どうぞお気をつけ下さい。

生物としては調和的な結婚という生活形式は、その中に論理、情緒、芸術、道徳、法律などという、もとの生物にはなくて、人間のみに特有ないわゆる文化的な思考をあまり多く持ち込むとこわれてしまうのです。ですから人間のうち、論理や芸術や道徳を考えることを専門とする人間には、本当は家庭生活はむきません。その人間の職業として美の追求を行う美術家や音楽家は、家庭では二重の生活をしなければなりません。文芸家もまた同じことであります。最終的な善と道徳を考えることを専門とする宗教家が、洋の東西を問わず妻帯しないことを原則としていることもまたこれによります。「母とは何か。兄弟とは何か。私の教えを信ずるものは私の母であり、兄弟である。」とイエスが言ったのもそのことです。

二重人格とか二重性格という言葉は、ある人間が不道徳であることを意味するように使われていますが、私は学者や知識人や思想家や芸術家は、二重の性格を持ち、二重の、言わば分裂した意識で生活しない限り、家庭人として、また公人として同時に生きることはできないと思います。

本当の善はこういうものである、本当の美はこういうものである、むき出しの真実はこういうものである、と知っていながら、しかし結婚生活で、夫と妻がむつみ合い、親と子が共に生きるためには、その原則(即ち人間が発見した論理や芸の判断）は、家庭では行われないものである。家庭は文化的価値判断の場でなく、男と女、親と子という生物的調和のために、文化的判断のゆるめられ、忘れられる場所である、と考えること。即ち二重の意識を持つことが必要であるように思われます。

著名な女優が、やっぱり著名な音楽家と結婚しました。その人が何年かの生活体験を語って言いました。友人は、芸術家同士で結婚したのだから、仕事の上のことを何でも話しあえて幸福でしょう、と言います。けれども私は、仕事の上のことは決して夫と話しあいません。仕事という気の立つ真剣な問題を家庭の中で問題にすれば、家庭は苛々したものとなり、気の休まる時がなくなり、夫婦の間がうまく行かなくなるからです、と。

それが本当だと思います。趣味としての程度の芸能のことならば夫と妻が話し合い、相談するのも結構でしょう。しかし専門の文化的価値判断を家庭に持ち込むことは、生物的調和を破壊する怖れが多分にあります。

このような考え方は、実質的には昔風の古い考え方と接近いたします。しかし現実には、いろいろな新しい考えを持った少女が結婚して五、六年経つと、昔風な、日本の家庭組織の体現者になりかわるという現象で、否応なく証明されています。そのような妻や母の中には、文化的判断が脱落して行きます。そのとき家庭の妻は、反動化して見え、退化した人間に見えて来ますが、実は家庭という生物的調和の世界に順応したのに外なりません。

ただ、二重にものごとを考える力のある人だけが、妻、母という生物的な立場に身をおきながら、もう一つの別な自分によって社会正義を、学問を、芸術を考え、自分の属する家庭の秩序をこわさないように気を配りながら、文化的価値を身につけ、自分を社会人として、考える人間、感ずる人間として生かすことができます。そのような女性は、まことに数の少いもので、困難なことにちがいありません。よい家庭を持ち続けるだけでも骨の折れる難かしいことで、それを守るには絶えず努力しなければなりません。しかし、それが人間の最終的な価値のある生活とは言われないでしょう。

第十二章　この世は生きるに値するか

絶望した人、悩み苦しむ人、自分を信じ切れなくなった人、どんなにそういう人が多いことでしょう。若い人で、今のところは幸福であり、本当の生活の苦労を知らずにいる人でも、やがて恋愛や結婚や職業という、人間にとって避けることのできない現実の生活が始まると、その人は必ず、恥や悲しみや怒りや後悔に攻められて、生きることは何という苦しいことだろう、と思うようになります。そしてある時、死のう、という気になるかも知れません。

生きることを拒絶したくなる誘いは、しばしば私たちを襲います。死のうとまで思う苦悩にも色々なものがありますが、自分の力が足りないとか、自分の美しさが不十分だとか、自分の心がマガッテいるなどと、自分のことだけを悪く考えることが特に女性には多いと思います。しかし、それは間違いです。人間が苦しむことの全部は、ちっとも自分のせいでなく、国王や大資本家や銀行の取締役や総理大臣や社長や工場長が悪いからである、という大きな救いに満ちた教えが、百年も前に、カール・マルクスというドイツ系のユダヤ人によって書かれていることを知らずに、ナンデモカンデモ、アタシガ悪インダワと思い込んで自殺する不勉強な女性の多いのは悲しむべきことであります。

私は人間の苦悩の全部が資本家や大臣や国王のせいだとは信じませんが、しかしもし社会の組織が、今よりも合理的になって、失業すると生活できないとか、ダンナに棄てられると生活できないから好きでもない男に身体をゆだねなければならないとか、才能があるのにテヅルがないと職につけないなどということがなくなれば、死ぬ必要を感じない人が、ずいぶん多くなることと確信して居ります。

しかし、人間の不幸の全部が資本家と大臣のせいであるという教えを垂れたマルクス君でも、一人の男が一人の女を好きになるのに、その女の方はその男を好かないとか、またその反対に美しい女性が折角ある男性を愛してやろうと思っているのに、相手の男性はその女性よりも美しくない女に心を引かれる、という悲しみは解決がつかないのではないかと思います。

マルクス君の弟子たちの経営しているコンミュニズムの国家の指導者たちでも、その経歴を見ると何度も離婚している人があります。それ等の離婚は、多分共産主義国家の進展上から見て妥当にして同胞愛に満ちた正しき革命的な行為であったことと推定いたします。でも離婚になった一、二の女性にして、この理想的な国家にいて、私が別れたくないダンナと別れて悲しんでいるのは何故なのかしらと考え、結局資本主義国家にいて悲しむ女性と同じく私ガ悪カッタンダワ、悪イノハ私バカリナノヨなどと思っているかも知れません。

しかし、兎に角、このような恵みに満ちた、悲哀原因外在説が、百年も前からこの世に行われ、その哲学に基づいた立派な国家が経営されていることは厳然たる事実ですから、その哲学の恩恵をできるだけ摂取することは、自責とか自虐という悪い習慣から私たちを解放してくれるのに役立ちます。悲しみ悩む人はできるだけこの系統の学説に親しめば、大きな救いを得られることと私は確信いたします。その結果、悲しみは怒りに変り、自虐は果敢な攻撃精神に変り、ずいぶん楽になります。

怠けものの女性にして、そんな難かしい学説は読みたくない、と思う人がいるかも知れませんから、簡単に説明いたしますと、御本人に働く意志がある限り、貧による苦しみや恥、階級別による自己否定や卑屈さ、失業に基づく生活難などの原因はあなたにはございません。それは大臣や資本家その人の罪悪でないとしても、そのような結果を生むところの社会秩序や企業形態のケッカンに基づくものであり、苦しむ人や貧しい人は、団結してそれを訂正するために政治運動をして戦うことが妥当であります。

ですから貧しさや失業の故に死のうなどと考える人は、改良主義の政党か革命主義の政党に参加されることを、心からおすすめ致します。何も急いで死ぬことはありません。死んだつもりでやれば色々のことができます。即ちハンガア・スト、坐り込みスト、煙突のぼりのデモ、カエンビントウテキ、交番シューゲキ等のハデな戦術がありますが、あまりキョウサセンドウ的に書くと、死にたくも牢屋に入りたくもない私が「ハカイカツドウボウシ法」に引っかかって投獄される恐れがありますから、詳細はわが国におけるマルクス君の政党の出張所にお問い合わせ下さい。

しかしマルクス君の弟子たちの営む国家にすら存在すると推定されるところの、愛情の不一致に基づいて起こる不幸は時として人を打ちのめし、死にすら誘うものであって、今のところまだ当分解決の見込みがありません。また才能や食べものに恵まれた結構な生活をしている人にありがちなことですが、考える時間があり過ぎる人々は、純粋に理論的に考えても、どうもこの世はつまらない所だ、これ以上したいこともないから、生きていることを中止しようと考えることがあります。

その種の自殺志望者のうち、特に決心の固い人には、私は自殺をおすすめ致します。自殺は罪悪であるから葬式にお祈りをしてやらない、などというカトリックの考え方に私は賛成いたしません。原子爆弾を作って、それによって、自分たちの考え方に賛成しない人間の統治している国の住民を一挙にミナゴロシにしてやろうと、そのチャンスを待っている人に較べれば、自殺しようと考える人ははるかに善人であり、自分だけしか殺さない人は、他人を殺す人に較べたら立派な人間であります。その上、この世が本当に生きるに値すると証明した人はないのですから、生きるに値しないと考える人の意志を禁止する必要はありません。少くとも他人を殺す計画を公然と行っている人々の意志を禁止できない限り、自分で死ぬという思想の自由すらない社会こそ生きるに値しないものであります。

しかし、自殺を希望する人に申し上げますが、本当に自分が死んだと考えたら、その時から一月ばかり生きて見てはどうでしょうか？　やがてこれ等の人を自分は見なくなるのだと考え、やがてこの道を自分は歩かなくなるのだと思って生き、そして自分はもう死んだ人間だが、また生きかえって今この景色を臨時に見、この空気を吸っている、と考えて一日一日を送って見ては如何でしょう。

その時、あなたに見えるもの、あなたの逢う人、あなたの触れるものは、これまでとすっかり違ったものに感じられて来るでしょう。とても憎らしかった人が、哀れにはかなく感ぜられ、これまで見過ごしていた景色が、またとない美しいものに感じられ、虫の這うさまや、鳥の飛ぶ形や、幼児の走る姿などが、この上なく生き生きと感じられて来ることでしょう。

その時、あなたはこれまでよりも一番新鮮に、一番確実に生きているのです。そしてその時あなたの目に見えるものこそ、真の実在であります。それがいまあなたの棄てて行こうとする人間の世界であり、あなたが二度とそこに戻らないところの生命の姿であります。もしその時、あなたの目に写り、手に触り、心にふれるもののうち棄てがたい価値のあるものがあったとすれば、それをあなたに感じさせたのはあなたの生命なのです。あなたが人間として生きていたからそれをあなたは感じたので、もしあなたが石や木や動物であったら感じることのなかったものです。あなたは生きていたからそれを感じることができました。もし生まれて来なかったら、あなたが一匹の虫であったら、あなたは、それを知ることができませんでした。見ること、触れることに価値があるのに、その価値を消してしまって生きることをやめる、というのは間違いではないでしょうか？

それでもある人々は言うでしょう。生きることは美しいし、自分は人々を、風景を、家を愛している、しかしそれ等の価値あるものを棄てなければならない立場に追い込められたのだ、と。死のうとする人には、このケースが一番多いことと思われます。誰かに悪いことをした、誰ソレに顔むけがならない、家族に恥をかかせた、党や国家を裏切った、それだから生きていられない、と言うのです。しかし、それ等の、あなたに苦しい思いや恥辱の念を起こさせるものは何でしょうか？　それ等のものは、世間のシキタリ、世間の約束、善と悪の判断、団体や家族の名誉とか利益などです。あなたのために恥や損害を受けた人が何百人、何千人いようとも、それは他人です。他人が自分を悪い人だと思っているから自分は生きられない、とあなたは考えるのです。

あなたは、その時、自分は他人の目にどう見えるか、ということのために生きている、と告白しているわけです。それは間違いではありませんので、私たちは、ずいぶん多くの場合、いな大部分の人は、他人の目に自分がどう見えるか、ということをあてにして生きているものです。その他人というものも、結局は個々の人でなく、その時の社会一般の考えかた、その時の家族の考えかたです。その時の他人の思想に自分がそむき、それに違反した、ということをその人は辛いと思うのです。

ここで改めて考えて頂かなければならないことは、私たちは自分の属している家族とか国家とか社会とかの通念やしきたりに違反すること、それから離れることを大変怖れるものです。党員は党を裏切るともう生きている甲斐がないと思います。この前の戦争中の大部分の日本人は捕虜になれば大きな恥だから生きている甲斐がないと考えました。心やさしい少女は愛している恋人の心の中にある自分の姿をあてにして生きているので、恋人が自分を汚れたと信じ込むと、自分が汚れもしないのに生きている甲斐がないと思います。もっと幼い少女は母の心の中にある自分の姿が汚れて見える、と考えた時に自殺します。入学試験に落第して自殺し、自分の配偶者でない人と愛し合ったからと言って自殺する人々も、自分が悪い人間つまらぬ人間として他人の目に写ることを気に病んで死ぬのでしょう。

そういう時、その他人とは何でしょうか？　その他人たちは、その社会の一般的な、常識的な見方を気にして生きる人たちであって、その見方に従ってあなたを判断するのです。その常識、又は道徳というものが、本当にあなたの怖れているものです。常識、道徳または社会通念とは何でしょうか。それはそれによってその社会なり、国家なり、家族なりが崩れないで立っている秩序です。その秩序は誰も怖れるのが普通です。今になって考えると、戦争中に捕虜になったから自殺しなければならないと考えた人たちのことはコッケイですが、その時はそれが日本の社会の秩序であったのです。その秩序から外れることは耐えられぬ恥であり、また生き難いような恐怖であったのです。

現実には、私たちは皆この秩序に従うことで安全に生きているので、大まかに言えば、私たち人間はみな秩序の奴隷だと言っていいのです。家族の秩序、勤め先の秩序、党の秩序、国家の秩序などが私たちを縛りつけます。時々私たちは、その秩序に従うことが苦しくなります。たとえば党の秩序はカエンビンを投げることを要求します。しかし自分は投げたくないと思います。また勤め先の営利組織の秩序は、つまらぬ商品を高価に売るようにと社員に強制します。しかしそれに従いたくない、と思うことがあります。捕虜になったからとて自殺しなくてもいいだろうと思う人があります。しかし、その秩序に従わないと嘲笑され、免職になり、シュクセイされるとしますと、私たちは、自分の本当の心を無理にネジ曲げて、それに従うことが正しいのだと自分に言い聞かすように努力します。

そういう場合、秩序即ち道徳や通念や約束や常識が、人間の良心や欲求と対立します。そして一体このような秩序とは何だろう、と私たちは考え直します。また自分の欲望や衝動が強い時にはその秩序を破るのを悪いと知りながら破ってしまいます。そしてその事を本人は悪事と思い、恥辱と感じ、自己否定をし、死のうと考えます。

しかし秩序とは、そんなに不動の怖るべきものでしょうか。決してそんなことはありません。秩序は怖しい力をもって私たちを左右しているものですが、決して絶対のものではありません。それは何度も私が述べた捕虜になったことを恥じて死ぬという戦時中の日本人の考え方が今では滑稽に見えるということを考えれば分るでしょう。

秩序とは元来は、人間がこの世の中に群れて住む時に、なるべくマサツが起きないように、人人が調和して生き易いようにと考えて長い間かかって作った約束なのです。しかも、たいていの場合、権力や金力を持っている側が、自分の都合のよいように、人民に自由なことをされて社会組織が崩れないようにと考えてた、その意志に従って出来たものです。宗教から始まった秩序にしても、次第に国王とか主権者とか上層階級に都合よいものに姿をかえて行きます。

元来は秩序は人間を幸福にさせ調和的に生きさせるために作られたものなのに、それが固定化すると、世の中の変化に合致しなくなり、それによって利益を得る人は小部分であり、それによって不利益を蒙り、自分の人間らしい欲望をおさえなければならない人の方が多くなります。

そういう時に、その秩序を根本から変化させようと企てるのが、よい意味でも悪い意味でも革命家というものです。又は革命的な宗教家とか思想家とかいうものです。孔子とか、シャカとか、マホメットとか、イエスとか、レーニンとか、リンカーンとか、ルーテルとか、カルヴィンとか、ルソオとかいう人たちがそれです。どんなに権力でおさえ、その人を殺してしまっても、大多数の人が、その人の意見の方を妥当だと思うようになると、秩序は変って行きます。

秩序は変化するものです。それに従いながらも、それが自分の人間としての正常な欲求にひどく反すると感ずる人が多くなると、その秩序は正しくないものになります。ある一人の人間を常に正義の規準として、その人の言うことに誰でもが従わなければならない社会の秩序などは、いかに危いものであるか、誰でも今では知っているところです。ある時代のある国にとって妥当な秩序でも、その国の実状が変ると秩序は変らねばならないものです。

自分がその人を殺さなければ自分が不当に殺されることが分っている時は、相手を殺すことが正しいのです。それがその社会の秩序に背くと言って罪人とされようとも、罪というものは絶対のものではありません。人妻と恋愛することは戦前には罪悪でしたけれども、今はよしんば人を苦しめる嫌なこと、悲しい恥かしいことであっても、罪悪ではありません。今後またもっと変って行くでしょう。

秩序に従っていると大した苦労なしに生きられるものです。ふだん私たちは秩序に従っています。しかしどうしても秩序から外れたことをしなければ生きられないと思うことが、特に真面目でムキな人にはありがちなものです。そのとき、その事をしてしまったのなら、根本的に秩序を怖れる必要はありません。人間として当り前のものである限り、自分の欲求の方が、秩序よりも貴重なものです。ははあ、私の行いは今の日本のシキタリと違うらしい。しかしもう一度戦争があったり、革命が起こったりしたら、そんなシキタリはコッケイな笑い話になるかも知れないのだ、私の方が正当だということになるかも知れないのだと、自分の存在をはかなく考えるかわりに、秩序の方をはかないものだと、楽にお考えになる方がいいです。

しかし、それもできないと言う人があるかも知れません。それは何故かと言うと、自分の愛している人、親とかダンナ様とか子供などが、その秩序に従って生きているからです。たとえばあなたがたのダンナを誘惑した女をナグって傷害罪で起訴されたとします。その時、あなたは、親がセケンニ顔ムケガナラナイとか、子供が学校で友達に笑われるとか、ダンナが会社で顔をツブす、などと考えて苦悩します。

そこに、最も難かしい愛という問題が起こっているのです。私たちは普通は、この愛というものや、利得（月給をもらっているとか、オトクイ様だとかいうこと）というものによって秩序に縛りつけられています。利得の方はアキラめるとしても、愛をアキラめることは中々出来ません。愛というものは、このような形で実在します。恋愛、親子の愛、家族愛、民族愛等の具体的な、血と肉とのつながり、または血と肉とにおいて接触しようとするつながりを、ここで愛と呼びましょう。その外にも、人類愛という、異邦人や敵を愛せと称する真の抽象的な愛があり、またある国では、長年植民地の人間を奴隷としてサクシュしていながら、自分たちの飼っている犬や馬を虐待から守ることを主張する動物虐待防止法という法律に実現された愛もあります。日本でもそれに負けず、植物や昆虫を愛して、シラミを養ったり、蝿を打つのを制止した詩人がいました。

そんな面倒なのを別にして、恋人、夫婦、親子、民族の愛という本能の喜びを多分に蔵している愛は、人がそれなしに生きることの困難なものでありますから、これを標準にして考えましょう。普通は、人間はこの愛なしには調和的な生活をすることも、よい人間として育つことも、責任ある人として生きることも難かしいものです。それで普通の人間はこの愛を神聖なものと考えて、それを疑うことすら怖れるのです。それ等の愛は、九十パーセントまで人間に対して、よい結果をもたらします。親でない限り、どのような人も為し得ぬいたわりを、親は子に対してしまう。信じ合った夫婦の間には、いかなる聖者もなし得ないような献身といつくしみが存在します。民族の幸福と誇りのためには、人はしばしば命をすら投げ出して戦います。これ等の愛が悪をなし、善を拒むなどと言うのは、ボートクのようなものだと思われています。

親子夫婦の愛情は、その愛につながる人々の心内にあり秩序意識にさからう危険なことや罪悪的なことを抑制し、お母さんが悲しがるから、子供が恥かしがるからと考えて、人々は自分が服従したくない時でも、社会の秩序に服従し、それを守ります。これはたいていその人を無理にもその社会に妥協させ、生きやすくしますから、まあ善い働きだとしましょう。

ところがある人間が、本当によい事をしようと思う時も、そのよい事がその時の社会の秩序に反したものである時は、親や子や恋人を悲しませることになると考えて自分はそれをしないでおきます。たとえば、戦争は罪悪だと信じていても、この前の戦争中の日本人は、家族の安泰を考えて、それを言うことができませんでした。悪い秩序の行われている社会で、その秩序を変えることが困難なのはこの種の、恋人、夫婦、親子の愛などが邪魔をするからです。それ故に、愛は両刃の剣であって、その人を守ると同時に、その人を駄目にすることもあるものです。この種の愛は、本当はエゴイズムの変形であって、相手のためよりも、自分の心の満足と平安のために、相手を縛りつけて無理なことをさせる危険が多分にあります。

愛とは最も尊いものであると同時に、最も怖るべきものであります。この種の愛に基づいて為すことが、常に正しいとは言うことができません。ですから、いよいよ心をきめて何かをするという時、人間は正しいことと愛との分離に悩みます。私としては言うのは大変辛いことですが、人間は、愛に対しても判断力を失ってはならないのです。愛が私たちを秩序の奴隷として縛りつける強い鎖となることがしばしばあります。親が、子が、恋人が自分を恥とし、自分を嫌うからと考えて、それをそのまま自己否定の原因とし、自殺の原因とすることは、時として間違いであることがあります。

そのような愛から離れて、本当に孤独だと思う時に生きるということは、苦しいことでありますが、もしその人が本当にやりたい仕事を持っている時は、できると思います。時としては、エゴイズムに変形してしまった愛と戦って、自分を自由にし、自分を個人として、生かさねばならないことがあります。また、私たち自身も、自分では愛だと信じながら、実はエゴイズムによって相手を縛りつけ相手の本当の生命を殺してしまうことがあります。親が子に託する夢の中には、どんなにしばしばエゴイズムがあることでしょう。夫が妻に求める愛、妻が夫に求める愛の結びつきの中にもまた、実にしばしばエゴイズムが存在します。そしてそこに人間の生き甲斐を失わせたり、本当に相手を殺すようなハメが生まれたりします。

愛から自由になる、愛をすら抑制するという難かしいことをする意志を持つことが、生きる上には必要なのです。愛は貴重なものでありますが、時として毒薬のようなものとなります。愛を警戒しなければなりません。

結びの言葉

ロシアにトルストイという小説書きがいました。美男子ではありませんでしたが、自分で自分は利口だと言うぐらい大変頭のいい青年であったそうです。彼は小説を書くことに努力しました。彼の書いた小説の中のいくつかは、多分、これまでに小説という形式で表現された人間精神のうちでも、最も立派なもののうちに位していています。彼は年を取ってから、それまで書いた自分の芸術に疑いを抱きました。彼は愛の本質とか芸術の意味とか善の行いというような難かしいことを考えるのに熱中した結果、自分の書いた小説の大部分は悪だと言って否定するようになりました。最後には彼は家出をして、田舎の小駅で死にました。人間が何をなすべきかという問題に思い悩んだあげく、家庭生活をも正しいものと思えなくなったのでした。彼の悩みは巨大なものでありました。

しかし彼はそんな風に思いつめるようになる前に、次のようなことを書いていたのを、私は読んだことがあります。それは、彼が自転車に乗った経験を述べたものでした。彼が自転車に乗りはじめた頃、道路に石ころがあるのが目に入りました。トルストイ君は、何とかしてそれを避けようとして、その石をニラみながら、ケンメイにハンドルを握っていました。ところが、彼がその石を見れば見るほど、自転車はその石の方へ曲がって行って、とうとうぶつかってしまった、と言うのです。

だから、と彼はその後に続けて書いていました。自転車に乗った時には、そういう石の方に目をやらないことが大切である。ツマズキの石というものは、それを気にするほどその方へ近づくものである、と。

ちょうどトルストイ君のこの文章を読んだ時に、私は自転車の練習をはじめていましたが、実にトルストイ君と同じ経験をよくいたしました。私は路上にあるツマズキの石にばかり心をとられて、それに何度も自転車をぶつけたのです。それで私は、日本とロシアの自転車は同じようにマズく出来ているのかな、と考えたり、またトルストイ君が自転車に乗る時に、私と全く同様な心理的弱点をバクロした所を見れば、オレもまた彼と同じような文学的な天才かも知れないし、やがては愛する妻を家に残して家出もしなければならなくなるのかな、などと考えたほどでありました。私はあの大きなヒゲを生やした白髪の老人に対して大変親しみを感じたのです。

そして、私は、彼の本に書いてあった色々な教訓を忘れましたが、この自転車の話をいつまでも記憶していました。そして私は、ある機会に考えました。彼のような思想上の偉人においてすら、小説を書くことは果して善であるか、家庭を維持することは真の人間愛や社会正義と合致することであるか、というような難かしいことを考え抜こうとしても考え切れなかったのである。

それは多分、自転車に乗りながらツマズキの石の方ばかりを見つめているのと同様のことだったのではないか、という失礼なことまで私は考えました。

心の働く方に身体も動いて行くものです。ツマズキそうな石を気にしますと、本当に躓いてしまうのが、人間にとって必然なことのようであります。どんなに円満な家庭を営んでいる奥様にしても、ウチの旦那様の私に対する愛情には、どこか嘘があるかも知れないと絶えず考えていたら、きっと旦那様の言葉や行いに嘘や矛盾を発見することになるでありましょう。そしてその場合、その奥様が、「少しの嘘もまじらない真実の愛に結ばれた家庭」、などという当節の雑誌評論の恋愛学や家庭学を本気で信じているとすれば、それはその奥さまをひどく悲しませるでしょう。その奥様はその後段々と不安がつのり、今夜は何で遅いのだろう、今度の旅行は何のためだろうなどと、旦那さまの行いや心のカゲを追求して行くことになり、それが旦那様を苛立たしく不機嫌にさせるでしょう。旦那様が不機嫌になると、奥様の方は一層私は愛されていないと思いつめ、遂には家庭をこわすようなことだって起こるでありましょう。小さな一つのツマズキはやがて大きな破滅を呼び起こします。

その場合、「嘘の少しもない家庭」などという文章をのせる編輯者や、それをノメノメと書く文章販売者という私の同業者にも罪はありますが、その奥様の方における絶対主義的な考え方にも責任があるでしょう。心理的な問題に関する限り、悪いことばかり気にすると、その気にした事は増大して行って本人をその世界に閉じこめてしまうものであります。

まして結婚生活の中にまだ入らない不安定な恋愛関係の中にいる男性と女性が、相手の愛の純粋さや完全さばかりを気にして、アノ人ハ、アタシヲ愛シテルノデナクッテ、アタシノ持参金ヲ愛シテルノデナイカシラと考えたり、ウチノオ父サンノ会社ニ就職シタイモノダカラ、アタシヲ愛シテル振リヲシテルノデハナイカシラなどと考えすぎることがあると、恋愛関係はすぐにぐらついて来るでしょう。

そしてこの種の疑いの心は、良心的で敏感な女性において特に強いものでありまして、たとえば私のように良心的で敏感で、その上容貌のすぐれた人間が仮りに若し若い女であったとしますと、その私はきっと次のように考えるでありましょう。

——コノヒトハ、アタシヲ愛シテルノデナクッテ、アタシノ顔ヲ愛シテルダケナノカモシレナイ。

その次には、私はきっとこう考えるでしょう。

——コノヒトハ、アタシヲ好キナンジャナイワ。アタシノ才能ガ気ニ入ッテルダケナンダワ。才能ハアタシデハナイ。

愛の実体を追求しすぎることは、ラッキョウの皮をむくようなもので、ムキすぎると無くなってしまいます。愛というものは、それを分析したりヒンムいたりしないで、栄養を与え、暖い土の中に埋め、水分と日光とをやって育てるべきものであります。そうすると、初めは何の実体もないと思っていたものが、芽を吹き出し、花を咲かせ、実を結ぶでしょう。

理性による研究や判断よりも、本能に従順であることが生命をもととする愛の生活では、本当の生き方でありましょう。人間の愛はもともとエゴの変形物でありますから、それを研究し分析すると、その実体なるエゴイズムが露出して来ることになりがちです。

また分析したり研究したりすることが意外の結果をもたらすだけでなく、それをたわむれに扱うと、愛の甘味は変質して苦味になります。目をつぶって自転車を乗ることは危険ですが、ツマズキの石にばかり目を注いで自転車に乗ることもまた危険であり、力も技術もないのに曲乗りをするのはケガのもとであります。

人間は意志や思考力を持っているから本能をある程度自由に左右することはできますが、本能を作りかえることはできません。本能、自然性というものに敬意を払うべきです。人間は自分が考えているよりも遙かに遙かに弱いものであって、恋愛は何度くり返しても平気だとか、肉体のために心を動かされることはない、などと考えていても、一度か二度ツマズいて見れば分ることですが、自分の意志や理性というものはすぐ行きつまります。それが行きつまった後は本能と肉体の必然にふりまわされてしまうものです。

特に愛とか性とかいうものは、理性から発したものでありませんから、理性を踏みにじって暴力をふるいます。理性は、その本能や自然の力を多少抑制し、多少回避する、という程度の力しかないもののようです。それ故、両性の愛の問題については、疑いすぎることも危く、盲目にすぎることも危い、という中途半端な注意が必要のようであります。

絶対のよき生活法ということは決してありません。男から言っても女から言っても、愛の生活の安定は相対的なものです。自分だけの一定した心構えを持つことは危険です。常に相手に注意し、相手の変化に応じて、自分と相手との間に、釣合のとれた調和を作り出すように工夫すべきです。不安定であることが元来の形なのですから、意識してその不安定を操作することが必要なようです。

その操作法の一つは、男と女とが、次のように考えることで可能になるのではないでしょうか。即ち相手を他人のように見ることと、相手を自分と同じものと見ることとの両方の考え方をすることです。慣れすぎて我儘になりすぎたと思う時は、その日、全く他人だとしてこれからこの人の愛を新しく得なければならないのだという気持で夫や愛人を考え、他人として丁重に扱い、他人として愛嬌をふりまくこと。またそれでうまく行かぬ時は、相手を身体においても心においても自分とつながった一体のものだと考えて、完全にそのように扱うこと。この両端の間のどの点にでも、自由に自分の心を定められるようにすることができれば、その人はよき愛の生活を維持できるのではないかと思われます。

もう一つの考え方は、そして実は今述べたのと同じことなのですが、理性的に生きることと、本能的に生きたりすることの、両方ともをやれるように自分を作ることです。その時によって、この二つのうちのどちらかを生かして使える人もまた、生活の練達者であり、人間らしさを保って行ける人のように思われます。

私たちの足もとには常に深淵が口をあいているようなもので、女性は常に、この旦那さま、この愛人と別れる日がいつ来るかも知れない、と考えるべきです。愛が人間の全部ではなく、男女の愛や肉体は永続するものではありません。そしてそれを一度よく考えてからそれを忘れて、その日、その時の生活の楽しさを十分味わって生きることがよい、と思われます。食うこと着ることについては明日を思いわずらった方が利口ですが、愛については明日を思いわずらうことは有害です。明日には明日の愛があります。今日は今日の愛で満ち足りているべきです。いま、この人を私は愛し、私はできるだけのことをしている、と思うことのできる人にとっては、毎日がまた一刻一刻生命に満ちたものとなるでしょう。

嫌われるのではないか、棄てられるのではないか、と苛々することが躓きの石です。そうでなく、人はいつかは死ぬ、私はいつかはこの人と一緒に生きなくなる日が来る。その時になって、私は愛した、私は愛されようと思って努力をし、しかも自分をも生かすように工夫もした、と満足して反省できるように生きよう、と思いながら、一日一日を送ることができれば、その人の生活は幸福だというのに値しましょう。

復刊に寄せて

令和3年1月某日、いつもお世話になっている「読書のすすめ」の清水店主から『女性に関する十二章』がドクスメレーベルで復刊すること、その際にはあとがきを書いてみないかということを伝えられました。

「なんと光栄な！」

私は、その本を読んだこともなく、また、あとがきなるものを書いたこともありませんでしたが、嬉しさのあまり二つ返事で了解しました。

私は、大阪市内で一般民事家事事件を取り扱っている弁護士です。

小説等を含め読書をする習慣が全く無かったのですが、清水店主とご縁をいただき、そのおかげで読書習慣が身につき、沢山の名著にも触れることができるようになりました。

そして、色々と勉強させてもらう中で、私の仕事の価値観も変わってきました。

と言うのも、以前は法律一辺倒で目の前の事件を解決することだけに躍起になっていましたが、最近は、依頼者にとって本当の解決は何なのか、別の視点を提供することで肩の荷を降ろし、心を軽くすることができないかを考えるようになりました。法律だけに頼らず、時には哲学っぽく相談を受けたりすることで、依頼者にも喜ばれるようになりました。

このように様々な形でお世話になっている清水店主からの申し出を断るという選択肢はもちろんありません。

しかし、『女性に関する十二章』、題名からして女性に関するものであることは想像できたものの、中学高校という多感な時期を男子校で育ったため女性に対して謎のハードル意識を持っている私、また、職業柄、離婚や不貞の争い事に触れる機会が多いだけの私に、果たして女性論が理解できるだろうか・・・という不安があったことはヒミツです。


この『女性に関する十二章』は、昭和28年に伊藤整によって「婦人公論」に連載されたものが、翌年に刊行されたものです。

実際に読んでみると、当時の時代背景が手に取るように分かります。

明治民法下においては、いわゆる「家制度」が採用されており、たとえば、結婚するためには戸主（一家の長）の同意が必要とされる等、絶大な権限を有する戸主が存在し、また、家の財産が観念され、戸主が亡くなった場合には、家督相続により新戸主（原則として長男子）が家の財産と戸主の地位を承継していました。

このような制度の下では、戸主に子がいないと「家」が途絶えてしまうため、家督相続人の確保が何より重視され、新戸主を産むことができない女性が冷遇されるような時代だったのです。

そして、1945年（昭和20年）、日本は第二次世界大戦に敗れ、1946年（昭和21年）11月3日に日本国憲法が公布され、翌年5月3日施行されました。

日本国憲法においては、個人の尊重（憲法13条）、法の下の平等（憲法14条）等の原理が有名ですが、両性の平等（憲法24条）という原理も掲げられています。

日本国憲法24条2項は「配偶者の選択、財産権、相続、住居の選定、離婚並びに婚姻及び家族に関するその他の事項に関しては、法律は、個人の尊厳と両性の本質的平等に立脚して、制定されなければならない」と規定しており、これはまさにこれまでの団体主義的で性別による差別が行われていた「家制度」の廃止を求めるものです。

結局、「家制度」は日本国憲法制定後、民法から削除されました。

そして、男女平等を定めた新憲法の下、女性の権利拡大が図られ、女性の社会進出と地位向上への基本的な条件が整えられていきました。

つまり、本書が刊行された頃は、これまで権利を制限されて差別的な扱いをされていた女性が敗戦を機に社会進出をしようとしていた時期、つまり米国による法律の整備が進み、男性を長とする「家制度」が崩れ、男女平等を目指す民主主義国家へと変容していた時期です。


本書は、この時期に社会進出しようと意気込んでいた女性に対して、作者が物申すようなスタンスで書かれています。

男性からすれば、「よくぞ言ってくれた」と共感する部分が多いですが、他方で、女性からすれば一見嘲弄された感じなので当時は反感を買ったのかと思いきや、本書はベストセラーになったようです。

女性論というのは、逆に言えば、男性論。

本書によって男性の考えが分かるとして、研究した女性が多かったのかもしれません。

女性論を語るのに「結婚」は外せないところ。本書の中に、未婚の女性は皆結婚は良いものとして憧れるとし、既婚の女性は皆離婚したいと思っている旨の一節があります。

なるほど、言われてみれば、そのように仰る方が多いかもしれません。

そして、本書を読み進めるうちに、ふと考えました。

「人はなぜ結婚するのか」…。

何人かの知人に尋ねたところ、多くは「好きだから一緒にいたい」という回答でした。

しかし、一緒にいるだけなら別に結婚しなくてもいいわけです。

法律上は、結婚した場合、「夫婦は同居し、互いに協力し扶助しなければならない」（民法752条）とされており、互いに同居協力扶助するという義務を負うことになります。

また、明文規定はありませんが、不貞行為が離婚原因とされていること、一夫一婦制を採用していることから、夫婦は互いに貞操義務を負うとされています（ちなみに、過去には姦通罪という罪があり、これは夫がいる妻が不貞をした場合には犯罪となるというもので、逆に妻がいる夫が不貞をしても犯罪とならないとされたものでした。日本国憲法制定により、男性に都合の良い姦通罪は違憲と考えられ廃止されました。）

すなわち、結婚することにより、それまでいわばお互いの気持ちとして守られてきたものが、義務として課されるわけです。

他方で、結婚のメリットとしては、結婚すれば配偶者が亡くなった場合には相続することができることが挙げられます（民法８９０条）。

また、最近では、一定の場合には一緒に住んでいた家に住み続ける権利（配偶者居住権）（民法１０２８条）も認められるようになりました。

しかし、これらについては、生前に遺言等をすることにより、それなりに対応することが可能です。

また、少し前までは、結婚していない男女間に生まれた子（非嫡出子）の相続分について、結婚している男女間に生まれた子（嫡出子）の2分の1とするという規定がありましたが、違憲であるとして平成25年に削除されましたので、これも結婚のメリットということはできなくなりました。

つまり、誤解を恐れずに言えば、結婚というのは、特別な利益を受けられるというよりも（なお、税制面の優遇等は措いておきます。）、むしろ新たな義務が課されるだけ、という見方もできるともいえます。

なのに人はなぜ結婚するのでしょう。

いわゆる世間体でしょうか。

結婚していれば、その家族が社会的には特別な存在として認知されるからでしょうか。

病院等で家族・身内として対応することが可能になるのでそのためでしょうか。はたまた、結婚という当事者間における契約を交わすことにより、相手を目に見えない何かで縛りたいという欲求があるのでしょうか。

あくまで私見ですが、子を儲けて次世代を育成し、ひいては国家を繁栄させるという目的もあるのでしょうが、結局のところ、結婚というのは、家庭を管理し、税収を確保するためのものなのではないかと思うのです。

換言すれば、結婚は、あくまで国が決めた手続・制度にすぎず、当事者相互の愛情とは別物であるということです。

結婚したから愛情がある、しないから愛情がないというものでないことは明らかなのですが、そのように考えておられる方も数多くおられるのが事実です。

また、結婚はしなければならないモノであるとの世間の常識に囚われ（かつて、結婚しているか否かで「勝ち組・負け組」という言葉もあったくらいです。）、半ば惰性や妥協で結婚している方も多いのではないかと思います。

当事者間の愛情を重視するのであれば、結婚という制度の効果として新たな義務で固められるよりも、むしろ型にハマらない方が柔軟に愛情を育んでいけるのではないかとも思えます。

となれば、あえて形式にこだわらないという選択も十分に合理的であると思います。

当事者間において、何らかのルールが必要であることも考えられますが、その場合でも、少子高齢化や核家族化等これまでの生活態様が変わり、また、時代が変化し男女間の役割分担も変わっていく中で、現在の結婚制度に固執することは不合理であると考えます。

なお、ここまで私見を縷々と述べてきましたが、私は現在の結婚制度を否定するつもりは毛頭ございませんことを、一身の安全を確保すべく、ここに明言しておきます。

最後に、本書は作者の女性論を語るものではありますが、私は必ずしもそれだけではないと思っています。

というのも、本書では、「女性が憧れる結婚って本当に幸せなの?」「流行の髪型、服装、化粧をして平均的な姿になることがいいの?」というところから始まっていますが、章が進むにつれて、「善し悪しはどのようにして分かるの?」「苦しいと思う原因は何?」「本当に大切なものは何?」という問いがなされているように思われます。

これらは、男女に囚われないものであることは明らかで、むしろ人生哲学を論じているものです。

私は、本書には、「世間で言う常識・秩序は変わるものであって、これらを絶対視すべきでない」というメッセージも含まれているのではないかと感じました。

社会の変化に伴い常識が変わり、それに伴って法律も変わるのは前述のとおりです。

ちなみに、最近の結婚観に関して言えば、いわゆる「同性婚」について認めないのは憲法違反であるとの議論もあります。

これはまさに常識が変化したことによる議論であるといえ、今後、立法がなされる可能性もあると思います。

つまり、今ある法律が絶対正義ではないということです。

本書の中に「社会の道徳や法律なるものは既得権者が自己の利益を守るために設定した冷酷な一方的な約束である」、「理屈や法律を新しく作ることは容易です。しかし情緒を新しく作ることは、きわめて困難です」とありましたが、納得です。

常識や秩序は変わる、にもかかわらず、皆、その時の常識・秩序が絶対善として行動し、それに沿っていなければ絶対悪であるとして叩くというのが最近多いように感じます。

本当にそれでいいのでしょうか。

また、昨今の世の中、くだらない利権のために、変な常識・秩序が作られ、大衆を操っているように思えて仕方がありません。

変な常識・秩序が作られないようにすることも大切ですが、仮にそれができてしまったときに流されずしっかりと対応するようにしておかなければなりません。

これからは一人ひとりが自分に軸を持ち、本質は何かを常に考え、世間の常識にとらわれずに行動することが大事なのではないかと思います。

本書は、男女論としてだけでなく、人生論、本質論として読んでみても大変興味深いものです。

様々な常識が目に見えて変わっている今、まさに読み返してみるべき本であると思います。

山本明生法律事務所
弁護士　山本明生

著者略歴

伊藤 整（いとう せい）

1905年（明治38）北海道生まれ。本名ひとし。小説家、詩人、文芸評論家、翻訳家。叙情派詩人として出発したが、その後小説・評論に重心を移す。旺盛な作家活動を展開し、その作品は川端康成に推奨される。ジェイムズ・ジョイスらの影響を受け「新心理主義」を提言。私小説的文学の理論化をめざし、評論など多方面で独創的な多くの仕事を残す。戦後、その翻訳で「チャタレイ裁判」が起こり戦後の文学史上で、性の表現をめぐる問題提起となり世相を揺るがした。日本ペンクラブ副会長、日本近代文学館理事長など歴任する。日本芸術院会員。

女性に関する十二章

2021年8月2日　初版第1刷発行

著　者　伊藤 整
企画・制作協力　清水 克衛
発行者　池田 雅行
発行所　株式会社 ごま書房新社
〒102-0072
東京都千代田区飯田橋3-4-6
新都心ビル4階
TEL 03-6910-0481（代）
FAX 03-6910-0482
カバーイラスト　（株）オセロ 大谷 治之
DTP　海谷 千加子
印刷・製本　精文堂印刷株式会社

2021, Printed in Japan
ISBN978-4-341-17239-8 C1095

●本書は『女性に関する十二章』（1974年6月刊・中公文庫）を原本として編集、復刻版として出版したものです。